死にぞこないの青

乙一

死にぞこないの青

第一章

1

　僕はとにかく恐がりで、いろいろなことにいつもびくびくしていた。小学三年生になるまで夜ひとりでトイレへ行けなかったし、押し入れのちょっとした隙間さえ恐ろしかった。扉が少しでも開いていると、その影からだれか人の顔がこちらを見ていたらと想像してしまい、きっちりと閉めなくては落ちつかない。幽霊が本当にいるのかどうか疑わしいとは思う。それでも、恐いものはしかたがない。

　自分が他の子よりも恐がりなんじゃないか、ということに気づいたのは、つい最近なのだ。

　春休みのある日曜日、友達数名と自転車をこいで、学校のそばにあるスーパーへ買い物に出かけた。ビックリマンチョコ、というお菓子を買うためである。そのお菓子にはおまけとしてシールが入っており、それを集めるのが男子の間で流行していたのだ。わざわざ自転車でスーパーまで買いに出かけたのにはわけがある。ビックリマンチョコは人気商品で、棚に並んだ途端、子供たちが買いあさってしまうのだ。普通の店ではあまり手に入らない。

僕の友達にミチオというやつがいて、その母親が学校のそばにあるスーパーで働いていた。そこから得た情報によると、日曜日の十時ごろ、ビックリマンチョコを入荷するのだという。それを聞いた僕たちは、みんなでそれを買いにスーパーへ出向くことにしたのだ。

結果、お菓子は思う存分、買い占めることができた。

「おばちゃん、ありがとう」

友人のひとりが、スーパーで働いていたミチオの母親に言った。本当に親しそうな声だった。スーパーの制服を着たミチオの母親はその言葉に笑顔を返していた。そして彼女は僕にも目を向けて言った。

「こんにちは、マサオくん」

礼を言わなくてはいけないと思った。でも、言葉が出なかった。なぜだか恥ずかしかった。それに、恐くもあった。

僕は、親しくない人とうまく話ができないたちだった。つまり、人見知りが激しいのだと自分では思っている。はじめて話をする人とは、目をあわせることもできなかった。だから、ミチオの母親を前にして、僕はうつむいてしまった。

スーパーを出て僕たちは自転車をこいだ。僕たちの移動手段はいつもそれだった。移動するたびに自転車が連なる様は、まるで暴走族のようだとお母さんに言われたことがある。

自転車をこぎながら、ミチオの母親にあいさつしなかったことを考えていた。そうしてしまったことを後悔していた。友達はきちんと礼を言ったのに、僕は言ってないということで、失礼な子供と思われてしまった。

僕たちは公園へ行った。そこでお菓子の袋を開け、中に入っているおまけのシールを確認した。それらのシールはビックリマンシールと呼ばれ、いろいろな種類がある。店で購入する段階では、包装されているために、どんな種類のシールが入っているのかわからない。ビックリマンチョコにはまるで博打のような楽しさがあった。

「やった！」

友達のひとりがそう叫んで、袋から取り出したシールを掲げた。それは太陽の光を反射して虹色に輝いていた。めったに手に入らない貴重なシールだった。

友達が、次々とお菓子をゴミ箱に捨てた。みんなは、おまけのシールを集めるためにお菓子を買っているわけで、いっしょに袋へ入っているチョコレートは食べずに捨てるのだ。

僕も友達にならってそうしていた。

なぜかはわからないけど、そのときに気づいた。僕は、みんなよりも恐がりだ。みんなはだれに対してもきちんと声をかけることができる。知らない人にもあいさつができるし、何も恐いことなどないというように振舞っている。ゴミ箱にまだ食べられるお菓子を、ためらいなく捨てる。僕もそうしていたけど、実は捨てるたびに恐かった。食べられるものを捨てるという行為は、ひどく悪いことのように思えた。でも、みんなはそれが当然であるように考えている。恐がっているのは僕だけなのだ。でも、そういったことにびくびくしているということをさとられるとばかにされそうで、普通に振舞って平気なふりをしていた。

僕の家がある小学校区は、町の中心から少し離れており、周囲にはたんぼや畑が多かった。家から、たんぼに挟まれた細い道を通り、いちごを栽培しているビニールハウスの横を抜けて、町を一本だけ貫いている国道を渡ったところに小学校がある。トラクターが泥を撒き散らしながら通学路を進んでいることもよくあった。少し離れた所に住む親戚のおばさんが運転する車に乗っていたとき、彼女は言った。

「このへん、田舎ね」

その言葉を聞くまで、自分の住んでいるところが田舎だと思ったことはなかった。だから意外だったし、少し傷ついた。僕のクラスで、田舎、という言葉はたいていいつも相手をばかにするときに使用していたからだ。

春休みが終わり、新学期の初日の朝だった。

僕はミチオといっしょに小学校へ登校していた。冬の間は皮膚がしびれるくらい寒かったが、四月になってだいぶ暖かくなっていた。それでも朝の冷気に震えながら、僕たちは学校へ向かって歩いていた。春休みの間中、ランドセルを身につけたことはなかった。そのため、ひさびさに背負った感触が、なつかしいような、嫌気がさすような心地だった。

「今度の担任は、新しく先生になったばかりの人なんだってさ」

ミチオが言った。

僕の通う小学校は、全校生徒が二百人程度だった。年度が変わって僕とミチオは五年生になったが、クラス替えというのはないため、今年度も同じクラスなのだ。

「じゃあ、まだ若いのかな？」

僕がたずねると、ミチオは首をかしげた。

「大学を卒業したばっかりなんだって」

ミチオはそう言ったものの、僕たちは大学というのがどんな場所なのかよくわからず、想像しにくかった。

ミチオは幼稚園のときからずっと付き合いのある友人だった。僕たちはよくプラモデルのことで話をした。

「やっぱり乾くのを待って二回は塗らないと綺麗な色が出ないよね」

というのが彼の口癖だった。

僕の家でプラモデルに色をつけていると、カラースプレーのあまりの臭さに、両親から苦情が来る。そこのところ、ミチオの家は寛大だったので、僕はよく彼の家でプラモデルの色塗りをやった。部品をニッパーで切り離す前に、スプレーで色をつけてやるのだ。そうしなければ、完成品は恐ろしくあじけない真っ白なプラモデルになってしまう。

学校に辿り着いて下駄箱に靴を入れようとした。すると、自分の下駄箱だと思っていた場所に、だれかの靴がもう入っている。

「マサオくん、ちがうよ。そこは四年生の下駄箱だよ」

ミチオが言った。僕は進級したことを忘れて、三月まで、使っていた下駄箱に靴を入れようとしていたのだ。当然、教室も変わっていた。五年生の教室は、昨年まで使っていた四年生の教室の隣である。だから、間違えて四年生の教室に入りそうになる。その朝は間違えなかったが、そのうちに失敗してしまいそうで恐かった。年下の子たちに、指をさされて笑われている様を想像すると、それだけで顔が青くなってしまう。

新しい教室にはよそよそしい真新しさがあった。教室は使われるうちに、壁が賑やかになるものだ。図工の時間に描いた絵や、習字で書いた四文字の熟語がはりつけられる。でも、初日の教室はまったくの殺風景で、丸いシンプルな時計が壁にかけられているだけだ。

教室が新しくなり、机もそれまで使っていたものではなくなる。教室に入り、僕はどこに座ればいいのかわからず戸惑った。しかしよく観察すると、みんなは、四年生のときに座っていた場所に落ちついているらしい。僕もそれにならった。机は二列ずつくっつけられている。そこに、男子と女子がペアで座らされる。この席順は、いつも学期のはじめにくじびきで決めていた。今日から新学期なので、またくじびきをやるにちがいない。

みんな騒がしかった。春休みが終わってしまったことで、僕は人生のおしまいのように感じていた。基本的に学校が嫌いだった。それで気分が暗かったけど、みんなの騒々しさをひさびさに間近で受けとめて、少し楽しくなった。これから新しい生活がはじまる。学期のはじめにいつも感じる期待めいたものが、胸にあふれていた。

担任の羽田先生がはじめて教室の扉を開けて入ってきたとき、みんなはそれまでの騒ぎをやめて、ぴたりと静かになった。あわてて自分の席に戻り、教壇に立った先生が話しはじめるのを待った。

羽田先生は若い男の人だった。細身で背が高い。声はよく通り、新しく先生になったばかりのようには見えないほど堂々としていた。

「はじめまして。先生になったばかりでよくわからないことが多いけど、これから楽しくみんなとやっていけたらいいと思っています」

黒板にしっかりとした文字で『羽田光則』と自分の名前を書き、先生は自己紹介をした。趣味は運動をすることと、キャンプへ行くことなのだそうだ。

「私は大学で、サッカーをしていました」

先生がそう言うと、男子たちの間でどよめきが起こった。僕もサッカーは好きだったけど、みんなほど熱中はしていなかったので、そのことで先生を尊敬したりはしなかった。

しかし、羽田先生がサッカーをしていたというのは実に納得できた。体つきや顔、髪型などが、まるでサッカー選手のように見えるからだ。

四年生のとき、体育で頻繁にサッカーをした。僕は少し太っていて、体育は苦手だったけど、サッカーは好きだった。例えば、体育で跳び箱をやる場合、「できない」ということがはっきりとわかる。でも、サッカーの場合、適当にボールを追いかけてそれらしく振舞っていることで、なんとなく、ゲームに参加した気がするのだ。もちろん、失敗するのは恐くて、僕のほうにボールがこなければいいのに、と思うことはあった。それでもマラソンで最下位を走るよりはましなのだ。

羽田先生は急速にクラスへなじんでいった。

最初は確かにぎこちない雰囲気はあった。羽田先生にとってははじめてクラスを受け持ったわけだし、僕たちに対してどう対応すればいいのかよくわからなかったのだろう。そしてそれは、僕たち生徒のほうも同じようなものだった。

はじめて羽田先生から教わったのは国語の授業だった。先生はまず国語の教科書をぱらぱらめくって雑談をした後、教科書の朗読をした。クラスのみんなは先生の話を黙って聞いており、羽田先生がみんなをおもしろがらせようとして言った笑い話にもほとんど無反応だった。そのため、先生は教壇で戸惑ったように時折、口籠《くちご》もった。

僕たち生徒と羽田先生との距離がせばまったのは、その次の休み時間だった。

羽田先生は職員室にいて、教室にはいなかったのだが、男子数人が教室の中でふざけてサッカーボールを蹴っていて、窓ガラスを割ってしまったのだ。みんな、これはさっそく羽田先生に怒られるにちがいないと思っていた。ガラスを割った男子たちも、それは覚悟していた。

しかし、先生は彼らを怒らなかったのだ。

「怪我がないならいい。先生も昔、よくやった」

もう教室の中でボールを蹴ってはいけないと簡単に注意しただけだった。そのことがあってから、男子生徒たちは羽田先生に対して、他の大人と違って話のわかる先生だ、という印象を抱いた。

羽田先生は一週間に二回、月曜と木曜日にプリントを配った。それは学級新聞みたいなもので、先生の考えていることや、クラスの現状などが書かれていた。『五年生タイムズ』という大きな文字が一番上にある。それが学級新聞のタイトルだ。

「今度の先生もがんばってるのね」

僕の持ち帰った『五年生タイムズ』を読みながら、お母さんはそう言った。羽田先生の書くコラムはおもしろく、家族でまわし読みしていた。

先生がある日、教室に金魚を持ってきた。教室の後ろに水槽を置いて、その中で飼うことになった。

「なんで金魚なのかな」

ミチオが水槽を眺めながらつぶやいた。

「どうして犬とか猫じゃだめなんだろうね」

僕は水槽の中でポンプが吐き出し続けている泡をうっとり眺めながら言った。金魚よりも猫のほうがずっとかわいいに決まっているのだ。

「やっぱり、うるさいからかな」

「そうか、鳴き声をあげない生き物じゃないといけないんだ」

「ピラニアとかでもいいのかな」

ミチオはそう言うと、にやり、と笑った。ピラニアという魚は肉食で人間を襲うという話だったから、なんとなく、男心に訴えかけるものがあったのだ。

僕は水槽の中でゆっくり尾びれをゆらめかせている金魚を見ながら、生き物係になれたらいいと考えていた。金魚の世話をする生き物係は、クラスのみんなに割り当てられる仕事の中でも、特に気楽なものだった。

羽田先生はみんなに人気があった。昼休みには、先生も交えて男子全員でサッカー野球をした。サッカー野球とは、サッカーボールを使用した野球のようなもので、ピッチャーはサッカーボールを転がし、バッターは足でそれを蹴る。

チームは赤組と白組に分かれていた。この組分けは、体力的なものや体の大きさで二分されたものである。組によって力の偏りが出ないようにされている。だから、クラスでサッカーなどをやるときも、赤組と白組に分かれて戦うことが多かった。

サッカー野球では、先生があまりにも強力だった。そのため、先生の交じる組は、運動のよくできる子を相手の組に渡さなくてはいけなかった。

先生の蹴ったボールはどこまでも飛んでいった。やっぱりサッカーをやっていたから、蹴るのがうまいのだ。めいっぱい後ろに下がっていた守備の頭上を越えて小さくなるボール、僕たち男子全員は、ポカンと口を開けてそれを見ることになる。先生がバッターのときは、ほとんど必ずホームランになっていた。それでも、運動のよくできる子が相手のチームに移っているので、試合はそれなりに白熱したものになるのだ。羽田先生はすっかりクラスの男子とうちとけあっていた。先生と生徒という関係にはちがいないけど、時々、サッカー好きの男子たちと、好きな選手のことで盛り上がっている。そんな先生を見ると、まるで親友のようにクラスの中へ溶けこんでいるのだ。これまで担任になった先生たちの中でも、こんなにみんなの身近に感じられる先生ははじめてだった。

でも、僕は先生とほとんど話をしなかった。僕はサッカーについて何も知らなかったし、できる話題といったら、マンガやゲーム、プラモデルのことばかりだったからだ。そのどれも、羽田先生と接点はないように思えた。

クラスでも目立たない存在だったから、先生は僕が教室にいることすら知らないかもしれない。それに、僕は極度に先生という人たちを恐れるようにできているらししかった。

これまでの担任の先生を思い出そうとしてみるが、なかなか顔を思い出せない。記憶にないのだ。それが自分でも不思議に思う。おそらく、親しく話しかけるということが一度もできたためしはなかったから、印象に残っていないのだろう。

先生を相手に話しかけるとき、常に緊張して言葉を交わした。そもそも話しかけたら失礼に当たるのではないかと感じ、声をかけることすら稀だった。話しかけるのは、いつも何かの用事があるときだけで、それ以外のときに話しかけてはいけないという気がなぜかしていた。

だから、サッカーのことで先生と楽しく話ができるみんながうらやましかった。僕も羽田先生と仲良くなれたらいい。先生はいつも笑顔で話をして、みんなを愉快にさせるのだ。先生のまわりには、明るい輪が広がる。もしもマンガやゲームの話を僕としてくれたら、きっと楽しいだろうなと考えていた。

四月のある日、羽田先生が僕のうちに家庭訪問へきた。お母さんは、これまでよく噂にのぼっていた羽田先生の姿を見ることができるというので、前日から楽しみにしていた。僕には姉がひとりいて、中学校に通っていたのだが、その姉も羽田先生の顔を見たがっていた。僕がさんざん、羽田先生はとあるサッカー選手に似ていると吹聴《ふいちょう》していたからだ。だから、「先生が来たら写真を撮っておいて。ね、お願いだから」と姉はお母さんに頼みこんでいた。

玄関のチャイムを鳴らして、羽田先生がやってきた。

「いらっしゃいませ、先生」

玄関先で、お母さんと先生は笑顔でお辞儀しあっていた。それを見ていて、僕はなんとなく恥ずかしかった。先生とお母さんが並んでいるなんて、変な感じだった。

先生は応接間に通された。田舎であることが関係しているのか、僕の家は広いとよく人に言われる。先生も廊下を歩いている最中、「広いおうちですね」と言っていた。僕がほめられたわけではまったくないのだけど、少しうれしかった。

麦茶の入ったコップを盆に載せて、応接間のソファーに座っている先生のもとへ運んだ。これは、前日にお母さんから言われた作業である。つまりこうすることで、僕がよくしつけをされた子供であることをアピールするのだそうだ。

「マサオは学校でちゃんとしていますか？」

お母さんが先生にたずねた。僕はお母さんの隣に座り、緊張して二人の会話を聞いていた。僕はこのような空間が嫌いで、逃げ出してアニメを見たかったけど、それを実行にうつすような勇気はもちろんなかった。

「少し引っこみ思案なところもありますが、しっかり勉強できていますよ」

先生はそう答えた。僕は、あまり授業中に手を挙げて発表をしない。そのことを先生は指摘した。質問の答えがわからないわけではない。わかっていても、僕は手を挙げることができない性質なのだ。極度に目立つのを恐れた。それに、質問の答えがわかっていると自分では思いこみ、自信を持って手を挙げた結果、発表して間違っていたとする。そうなると、自信があったぶんだけ、より情けなく、失敗した自分は恥ずかしいじゃないか。僕は様々な失敗のパターンを頭に描いて、背筋に緊張の汗が伝い、手を挙げることなんてまったくできなくなるのだ。

手を挙げると、みんなの目がいっせいに僕へ集まる気がする。それは恐ろしく、まるでみんなが僕の失敗をいっせいに期待しているかのように思えるのだ。

「先生、これからもマサオをよろしくお願いします」

お母さんは丁寧に頭を下げて羽田先生を見送った。

「それじゃあね」

家の駐車場に停めていた黒い自動車に乗りこみながら、羽田先生は僕に手をふった。僕はうれしかった。先生が担任になって二週間が過ぎていたが、その中で、僕と先生が親密になったことはなかった。交わした会話は二、三言だけだった。それも、教室の騒々しい中で、みんなとの会話のついでに交わしたような言葉だった。でも、先生が僕にふってくれた手は、それらとは種類がちがっていて、親しみのある仕草だった。僕は先生の運転する自動車が遠くなっていくのを見ながら、無事に家庭訪問がすんだことに安堵《あんど》していた。

「先生、良い人でよかったわね」

お母さんがその日の夕食のとき、僕に言った。

「えー！　私も見たかった！　どんな人だったの？　格好良かった？」

姉がお母さんにつめよる。今、人気のある芸能人に似ているとお母さんが説明すると、姉はいっそう声を大きくして悔しがっていた。

「今度、ノブの先生もうちにいらっしゃるから、そのときはあんたがお茶を運びなさい。だったら先生の顔、見られるでしょう」

僕は五人家族で、両親のほかに、姉と弟がいた。弟のノブは小学三年生で、ぼくよりも二つ年下である。

ノブは僕とちがって活発で足も速かった。兄弟でこれほどちがうのも珍しいかもしれない。ノブが先日の誕生日、お母さんにねだったのは、野球のグローブだった。その選択は、運動全般が嫌いな僕には理解できなかった。

「だってノブの先生、女じゃんよ！」

姉はほとんど悲鳴のような声をあげた。

2

僕のクラスでは、「〇〇係」というように、生徒はそれぞれ何かの仕事をしなくてはならない。例えば給食係だったら、給食を食べはじめるとき、教室の前に立ってその日の献立を読み上げなくてはならない。そして「みなさん手を合わせてください。いただきます」と言わなくてはならないのだ。それを合図にみんなは給食を食べはじめる。これが体育係だったら、体育のはじまる前に、授業で使用するマットやボールを取り出して用意しておかなくてはいけない。その後、みんなで準備体操をするのだが、その際に全員の前に立って体操の音頭をとらなくてはならない。

これらは普通、学期のはじめに割り当てられて、次の学期がはじまるまで変更されない。だからもしも気に入らない係になってしまったら、その学期の間中、ずっといやな仕事をしなくてはいけない。みんな、この係決めには真剣になる。

家庭訪問が終わった週の木曜日、ホームルームの時間に、僕のクラスでは係決めが行なわれた。

「新聞係になりたい人は手を挙げて」

羽田先生がそう言うと、教室で数人が手を挙げる。新聞係は、学級新聞のようなものを作って発行しなくてはならない。それは羽田先生の出している『五年生タイムズ』とは別に、生徒の視点から記事を書いたプリントになる。

係は全部で九個ほどあった。ひとつの係は、三、四人から成り立っている。

人気のある係は、多くの生徒が手を挙げる。やっぱり偏りが出てしまうものなのだ。でも、希望者全員をその係にすることはできない。もしもそうしていたら、人気のない係になる人がおらず、クラス運営の様々なことが機能しなくなる。

「生き物係になりたい人は手を挙げて」

先生が言うと、六人の手が挙がった。そのうちのひとりは僕だ。生き物係は、金魚に餌をあげるだけである。僕はぜひ生き物係になりたいと思っていた。

例えば給食係や体育係だったら、みんなの前に出なくてはならない。僕はそれを避けたかった。目立つということを極力避けていたい。みんなの視線にさらされるのが恥ずかしい。何か失敗をしたら、すぐにばれてしまうし、笑われてしまうだろう。それが恐いから、生き物係になることを希望していた。

生き物係は、毎日、決められた時刻に金魚へ餌をあげて、二週間に一度、水槽の掃除を行なうだけでいい。みんなの目に見えない、完全に裏方の仕事なので、ひっそりと仕事をすることができる。

生き物係は、定員が三人から四人だった。本当は三人なのだが、他の係との定員の都合で、補欠でひとり、特別に生き物係になれるかもしれないらしい。

「じゃんけんで決めるというのは好きじゃないので、明後日までに話し合ってだれが生き物係になるかを決めておきなさい。生き物係になった人は、先生に教えにきてください」

先生はそう言った。

生き物係を希望していたのは、僕、井上くん、牛島くん、江口さん、木津さん、古田さんの六人だった。男子が三人、女子が三人だ。女子三人はいつも行動をいっしょにしているグループだった。井上くんと牛島くんはサッカーでいつも組んで先頭でボールを蹴るほど仲がいい。

その日の夕方、話し合いはどうなるのだろうと思いながら、だれも僕に声をかけてこなかったので、そのまま何もせずに家へ帰った。生き物係を決定する会議は明日するのだろうと考えた。

家までの道すがら、僕はミチオと並んで歩きながら、コロコロコミックの話をしていた。コロコロコミックというのは、毎月十五日に発売されるマンガ雑誌のことで、男子の間で絶大な支持を集めていた。『ドラえもん』や『おぼっちゃまくん』などの人気のマンガが連載されているし、いつも僕たちの間で流行するおもちゃは、必ずコロコロコミックが発信元だった。ビックリマンシールやミニ四駆、ゾイドといったものは、その雑誌で知ったのだ。

「マサオくん、今月号のコロコロ、読ませてよ」

ミチオが、たんぼに沿って通っている水路の細い足場を、器用にバランスをとって歩きながら言った。僕たちはコロコロコミックのことを、略して『コロコロ』と呼んでいた。

通学路の途中、一面にたんぼの広がっている場所がある。見はらしが良くて、ただ遠くに山の連なりが壁のようにそそり立っているだけである。曇りの日、山は表面を覆う木々のためにはっきりとした緑色に見えるが、空が青いと、それがにじんだように山も青く見える。その日、天気は良かったので、山は薄い青色のフィルターを通したように見えた。たんぼには水が張ってあった。稲がいつごろ植えられるかなどということに僕はまったく興味がなく、田植えの季節がいつなのかさえ知らない。でも、水を張られたたんぼは、視界いっぱい空へ向けて鏡が広がっているように見えて好きだ。

「ねえ、たしか、去年の今ごろ、『大長編ドラえもん』の連載がはじまってなかった？」

僕がたずねると、ミチオはうなずいた。僕は記憶力が低下してしまったのか、去年のこともろくに覚えていないから、彼が同意するまで自信がなかった。『ドラえもん』の連載は、普通、一話完結の物語だった。でも、一年のうち、数ヶ月間だけ、映画版の『大長編ドラえもん』がつづきものとしてコロコロに連載されていた。

「それが、今年はまだなんだよ。去年なら、もう大長編の連載がはじまっているはずなのにさ」

もしかして今年は映画版のドラえもんはないのだろうかと心配していた。

「今年はマンガにしないで、いきなり映画を公開するんじゃないの？」

「そうかなあ」

僕はつぶやきながら、肩の上でずれかかったランドセルの位置を直した。

「あ、見てよ、これ」

ミチオが水路の縁に立って、水の張られたたんぼの中を覗きこんでいる。僕も同じ格好をして、彼の視線の先に目を向けた。

たんぼの中は泥と水しかない。ただし、濁った泥水ではないのだ。下のほうに泥が沈殿し、水そのものはまったくの透明なのである。

ふと、水の底でわずかに何かが動いた。よく見ると、指先ほどのほんの小さな生き物がいた。それは半透明で、水底の泥と見分けがつきにくかった。節のある体と、小さな足。エビのようである。それは僕たちがカブトエビと呼んでいる生物だった。

カブトガニという生き物がいるらしいけど、それとは違う。カブトガニは天然記念物で貴重な存在だと、国語の教科書に載っていた読み物で読んだ記憶がある。でも、カブトエビはたんぼの中に目を凝らすと、時々、見ることができた。天然記念物などというものとはほど遠い、身近な、しかし正体のよくわからない生物だった。実際、僕たちはカブトエビと呼んでいるけれど、それが正式な名前かどうかはよくわからなかった。

ミチオが手をのばして、たんぼの水に人差し指を入れた。カブトエビがびっくりして逃げ惑う。ミチオの指先は、水底の泥にずぶずぶと沈んだ。沈殿していたやわらかい泥が煙のように舞い上がり、表面の透明な水に広がっていく。

僕は漠然と考えていた。もしも生き物係になれたら、金魚のほかに、何か飼うことを提案してみよう。カブトエビなんかいいんじゃないかと思う。知名度のある生物は飼っても楽しくない。カブトエビくらいの意外性のある生物がおもしろいんじゃないかと思った。

このアイデアを先生が聞いたら、どう思うだろう。おもしろいと思ってくれるだろうか。もしそうだったら、本当にうれしい。

次の日、僕は生き物係になることができた。

二限目の授業が終わった後で、羽田先生が僕に話しかけてきたのだ。僕は先生とあまり言葉を交わしたことがなかったので、話しかけられると、少し緊張した。

「マサオくんは生き物係なの？」

羽田先生の話によると、朝に井上くんと牛島くんが、生き物係を辞退するという旨を先生に伝えたそうだ。もしもこのまま生き物係を希望していたら、他の定員割れしている係へ強制的に入れられかねない。しかもそれがいやな係かもしれないのだ。それを見越して早々に自ら辞退し、他の空いている係を選んだほうがいいと判断したにちがいない。

僕はそう考えた。実際に聞いて確かめたわけじゃない。でも、井上くんと牛島くんはクラスでも活発な子で、僕とはあまり話をしない種類の人たちだった。だから、話しかけて理由を聞くのが、僕にはひどく億劫《おっくう》なことだった。僕の学校にはクラス分けというのがなかったため、二人とは入学したときから同じクラスで付き合っている。だから気軽に話しかけられるはずじゃないかというと、決してそういうわけではないのだ。二人に話しかけることは緊張する行為だった。

とにかく、生き物係を希望しているのは残り四人である。生き物係の定員は、本来、三人までだ。でも補欠でひとりだけ入れるという話がある。だから、僕は言った。

「僕は生き物係です」

先生はそれを聞くと、「うん、わかった」とうなずいて教室を出ていった。

次の日、学校に来た僕は、何かが微妙におかしいことに気づいた。いつもとちがう、教室に含まれる居心地の悪い空気。最初は気のせいかと思ったけど、時間がたつにつれて、それは確信に変わっていった。

教室の中にどこか白々しい気配があって、それは全部、みんなの僕に向ける視線が原因だった。

なぜかはわからないけど、みんなが僕を見ているのだ。僕が振りかえって、そうであることを確認しようとすると、みんなは目をそらして、近くの子と話をしはじめる。僕が顔を正面に向けると、今度はちらちらと僕のほうを見る。僕の目は頭の後ろにはついておらず、自分の背中側を見ることはできなかったけど、みんなそうしているのがなんとなくわかるのだ。みんなの視線は、どこか軽蔑するようなものだった。

　僕は不安になった。みんな、どうしてしまったのだろう。みんなの視線はほとんど熱を持っているように肌で感じられ、そのままその部分が焼けてただれてしまいそうな気がした。僕の心はすっかり混乱して、どうすればいいのかわからなかった。

　僕は、隣の席の二ノ宮という女子にたずねた。

「なんだかみんなの様子がおかしいんだけど、どうしたんだろう？」

　一学期のはじめの席替えで彼女と隣り合ったとき、僕は少しうれしかった。二ノ宮は人当たりが良くて、なんとなく男子の僕でも話がしやすかったからだ。女子だけど、毎月、コロコロコミックを買っていて、漫画の話に付き合ってくれる。女子の中でコロコロを読んでいるのは彼女だけだった。

「さあ、わかんない」

　二ノ宮は首をひねった。

「マサオくん、何かしたんじゃないの？」

「そんなはずないけど……」

　僕たちが話をしていると、他の女子が二ノ宮に手招きした。彼女は立ち上がり、その子のもとへ向う。

二ノ宮を手招きした女子がちらちらと険悪な表情で僕を見ながら、何かを二ノ宮に耳打ちした。僕は机についたままその様を見ていて、何か悪いことが知らない間に進行しているような気がしてならなかった。

「……何の話したの？」

戻ってきた二ノ宮に僕はたずねた。

「別に」

彼女はそっけなく言うと、会話を打ち切った。

朝のホームルームが終わるとき、職員室へ帰ろうとする羽田先生が僕の机に近づいてきて言った。

「後で職員室の私のところに来なさい」

少し険しい表情だったので、僕は緊張した。

職員室へ行き、羽田先生の机を探す。先生の机は職員室の入り口に近いところにあった。

机の上には、生徒のものとちがって赤い文字で様々な注釈のついた先生用の教科書が開いて置かれていた。そのわきに、鉛筆削りや、スケジュール表、湯飲みなどがある。

羽田先生は僕がたずねてきたのを見ると、眉間《みけん》にしわを寄せた。

「嘘をつくんじゃない。きみは生き物係ではないそうじゃないか」

突然、そう言われて、僕は混乱した。でも、とにかく先生が恐くて、何も言えなかった。僕は立ったまま、先生の話のつづきを待った。ふと気づくと、僕は両手の指どうしをからませて意味もなく動かしていた。

先生は、生き物係を希望していた女子三人から、僕が汚いことをしたのだと聞かされたそうだ。その結果、先生は僕を生き物係から、定員割れしている体育係に変更した。

体育係になってしまったこともショックだったけど、それ以上に、どこかで誤解があるように思えた。僕が行なった汚いこととは何だろう。僕は具体的に先生へたずねないといけなかった。でも、うまく言えなかった。先生はすっかり僕が汚いことをする人間だと決め付けていて、話を聞かず一方的に怒っていた。

何も言えないまま職員室を出て、なぜこうなってしまったのかを考えてみた。それでも、やはりわからない。教室に戻る前、廊下でミチオと出くわした。彼は肩をすくめながら、教室でささやかれている僕の話を聞かせてくれた。そこではじめて、僕がどのような状況にいるのかを知った。

ミチオが言うには、僕の知らないうちに、生き物係を決定する話し合いは行なわれたらしい。僕はそれに参加しなかったので、「生き物係になる資格はない」とみんなで決定していたのだそうだ。そして長い話し合いが五人で行なわれた結果、男子二人が、不本意だけど渋々辞退したのだそうだ。

だから、話し合いに参加していない僕が生き物係になったことが、みんなには納得できないのだそうだ。補欠で生き物係になったとしても、辞退した二人の男子にとっては、僕がずるをしたように感じられるらしい。

話し合いに呼ばれていないのだから、自分が生き物係になれると勘違いしてもしかたないじゃないか……。そのことをみんなに言いたかった。僕は悪気があってそうしたわけじゃないし、どうしても生き物係になりたくてずるをしたのでもない。でも、弁解するために僕が声をかけると、みんなはいやそうな顔をして遠ざかり、聞かないふりをするのだ。

僕は、自分が透明人間になったような気がした。

ミチオは言った。

「マサオだって悪いんだよ。話し合いがあるのかどうか、みんなに聞いてから家に帰ればよかったんだ」

僕には、それができなかった。女子三人には話しかけたこともなかったし、男子二人はクラスの中心的な人でいつもみんなに囲まれていた。だから、声をかけづらかった。僕は、だれかに声をかけるとき、不安で、恐かった。話をする人なんて、本当に親しい一部の子だけだった。

誤解だということをみんなに伝えたかったけど、だれも僕の話を聞いてくれる人はいなかった。それに、どうやってみんなに話しかければいいのかもわからなかった。だから、僕にはどうすることもできなかった。

3

羽田先生の評判はよかった。クラスの中で、悪く言う子などいなかった。羽田先生は若くて格好いいので、それだけで、他のクラスの子からもうらやましがられることがあり、そうなるとみんな誇らしく思うのだ。

また、先生自身も、クラスの統率がなかなかうまくとれていることに満足しているようだった。あるとき、僕は、教頭先生と羽田先生が職員室前の廊下で立ち話しているのを聞いたのだ。

「羽田先生、子供たちから好かれているみたいですよ」

教頭先生は微笑を浮かべて言った。羽田先生はそれを聞くと、うれしそうにうなずいた。

「いえ、まだひと月です。これからですよ」

担任が羽田先生で良かったと、クラス全員が思っているようだった。おもしろいし、サッカーもできる。信頼できる船長のようだった。羽田先生がクラスの針路を宣言すれば、僕たちはみんな安心してそれに従う。

これまで、なかなか先生の言葉を聞かない粗野な子がいた。小さな子をつまずかせて泣かせているような子だった。そんなやつさえ、羽田先生の言うことには素直に従っていた。すっかり兄貴分を見るような目で、羽田先生とうちとけているのだ。

しかし、時間が経過するにつれて不満というのはでてきてしまう。ゴールデンウィークが終わったころ、少しずつ、否定的な意見も聞こえるようになっていった。

算数の時間のことである。先生は黒板に数字の列とグラフを書いて、一生懸命に教えていた。しかし、みんなは勉強が嫌いだった。やがてチャイムが鳴り、授業の終わりを告げる。みんなの顔がいっせいに明るくなった。

しかし、先生は授業をやめなかった。

「みんなが真面目に聞いていなかったので、もう少しだけ、授業をつづけます。今、習っているところは本当に重要なところだから」

みんなはそのことで不満をもらした。先生は教室のあちこちから聞こえてくる不満を聞いて、それが意外なことであるかのように驚いていた。

また別の日、先生は国語の教科書を全員に朗読させていた。みんながいっせいに読むのではない。ひとりずつ立ちあがり、一段落ごとに交代しながら読み上げるのだ。座っている座席順にその仕事はまわってくる。順番が近づくにつれて僕は不安になり、自分の読み上げる部分ができるだけ短い段落ならいいのにと願うのだ。

宮沢賢治の書いた物語を朗読中、クラスのある女子が、後ろの席の子に顔を向けて話をしていた。それを発見した先生が、突然に叫んだ。

「ちゃんと聞きなさい！」

爆弾が投下されたような大声だった。朗読していた子も驚いて黙りこみ、教室が水を打ったように静まりかえった。

少しの後、叱られた女の子が泣き出した。授業の後、先生はひどいとみんなが言い出した。

先生が抜き打ちテストをしたこともある。それだけじゃない。点数がひどかった子の家に、その夜、電話をしたらしいのだ。それがみんなの間で話題になった。

「こうでもしないと、みんな、勉強をしないじゃないか。先生は、みんなのためを思ってこうしているんです」

授業中、先生はそう言った。なぜみんなわかってくれないのかと、嘆いている様子だった。

みんなの間で少しずつ、羽田先生の評判が落ちてきた。

係決めの一件以来、僕は学校へ行くのがいやでしかたなかった。朝、登校するときは足が重く、引きずるようにして歩かなければいけなかった。学校へ行っても、だれも話をしてくれなかったからだ。いや、話はしてくれたけど、僕はどこかよそよそしく扱われていた。

誤解があったことを説明できていなかった。ミチオにだけはこういうことだったんだと話しておいたけど、クラス全員にひとりずつ同じように話をするわけにもいかない。そもそも、みんな、僕の話なんて聞きたくなさそうにしていた。僕が声をかけても、話を早く打ち切りたいとみんなが思っているような気がした。それははっきりとした意思の表示があったわけではない。ただ、視線や仕草などから、そう感じるのだ。

僕が話をしはじめると、途端にみんな、目を別の場所に向けたり、話題をすぐにそらせたりする。そうなると僕は悲しくなり、口をつぐんで、もう話ができなくなる。何もかもが不安になり、僕は教室から逃げ出してしまいたくなる。でも、そうしてしまうと、決定的に問題が大きくなってしまいそうで恐い。これはいじめなどといった大変なことではなく、ちょっとした、天気の崩れのようなものなのだ。それなのに、話を大きくして先生がホームルームなどでこのことについてみんなに意見を求めたならば、恥ずかしい上に、まるで僕がいじめられっ子のようだ。だから、僕はただなんとも思っていないという素振りをしてみんなと付き合わなくてはいけなかった。

そんな状況にある僕のことを、ミチオは気づいていた。けれど、彼はそれまで通り普通に僕と接していた。

羽田先生が僕のことを嫌いなんじゃないかという気はしていた。僕を見ると、少しいやそうな顔をした。話をしている間は笑顔なのだが、話が終わると、ふっと無表情になる。それはほんの一瞬で、気のせいかもしれないと最初は思った。でも、時間が経過して、家で蒲団に包《くる》まって眠ろうとする瞬間に、先生のその表情が頭の中に浮かんできて、全身に汗をかいてしまう。確かに先生は、他の子に向けるような笑顔とは別の表情で僕を見たのだ。

掃除の時間や授業中、先生の視線を感じた。僕がそちらを見ると、先生はすぐに目をそらす。他の生徒に笑いかけるのだ。

僕が係決めのときに不正を行なったのだという誤解が依然としてあるのだ。だから羽田先生は、僕を問題のある生徒と認識しているのだ。僕はみんなのように活発でもなく、運動もできなかった。先生と親しく話をしたこともなかった。だから、先生は、僕がどんな子供なのかを知らないのだ。

係決めのことは事故であり、悪気はなかったのだ。本当の僕は悪いことなんかしない子供なのだ。そう訴えて、僕のことを信じてほしかった。

でも、先生を前にすると、緊張して何も言えなくなるのだ。

最初は本当に些細《ささい》なことだった。

ホームルームの時間、先生が学級新聞のプリントを配り始めたが、一枚たりなかった。そこで、羽田先生は僕の持っていたプリントを取り上げると、もらえなかった子にそれを渡した。

「マサオくんは、だれかのを写させてもらいなさい」

そう先生は言った。

まわりは騒がしかったから、だれも先生のそんな行動を気に留めなかった。

僕も、それはおかしいことだとは、最初のうち思わなかった。なぜ、先生がわざわざ僕のプリントを取り上げたのかわからない。でも、とにかくそうなったのには理由があるのだと、そのときは考えた。

他にも、そういうことはあった。

僕のクラスでは、席のある場所によって、六つの班に分けられている。その班ごとに、給食の用意をしたり、掃除の時間になると各場所で掃除を行なったりするのだ。

掃除の時間、先生はなぜか僕を見張っている気がした。みんなはさぼったり、遊んだりしていても先生に注意されない。でも僕だけはなぜか注意を受けた。

「マサオくん、ゴミを捨ててきなさい」

と言われた。

「マサオくん、そこにゴミが落ちているじゃない、ちゃんと掃除をしなさい」

とも言われた。

叱られることが多くなった。それがどうしてなのかわからなかった。気のせいだと思いたかったが、日を追うごとに、それは確信に変わっていった。

不安だった。先生は怒鳴り声をあげて僕を怒るわけじゃなかったけど、恐かった。

羽田先生は僕が何か失敗するのを待ち構えており、ついに僕がちょっとしたミスをした瞬間、ほら見たことかとそこをつつくのである。

そして、先生に注意をされるたびに、みんなが僕を笑っている気がした。僕は恥ずかしくなって、顔をうつむけた。

僕の失敗を先生は教室で笑い話にしてみんなに披露した。授業の前やホームルームで、お話のようにみんなへ聞かせた。ちょっと大げさに話すこともあった。僕がバケツにつまずいて転んだことや、体育の時間にボールにあたって変な顔をしたことをユーモア混じりにみんなへ披露する。教室が笑い声に包まれ、楽しい雰囲気になる。僕は机に座って、じっと恥ずかしさに耐えていた。

不思議なことに、そうなることでみんなの抱いていた先生への不満は消えた。先生が毎日、僕の行なった失敗ばかりを話して聞かせるから、先生がだれかを叱ったとしても、僕ほどのだめな子はいないとみんなは考えるようになっていた。

クラスのだれかがいけないことをしても、先生は、かわりに僕を叱ることもあった。なぜそうなるのかはよくわからない。でも、先生が間違ったことをするわけがないのである。ここでの「先生」というのは、羽田先生のことだけではなくて、「先生」という大人の人たち全部を指して僕はそう思っていたのだ。先生はいつも正しくて、間違っているのは必ず生徒なんだ。これは絶対的な確信として僕たち子供の中にあらかじめあった。

間違っている人間と、それを指摘する人間がそれぞれいて、「生徒」と「先生」という言葉は後からその二種類の人間に名づけられたに違いない。だから、「先生」が間違っている側の人間であるはずがないんだ。

「マサオくん、後で職員室に来て。聞きたいことがあるから」

ある日、授業が終わって、先生が僕に言った。

僕のクラスには、下級生に石をぶつけて遊んでいた男子がいた。秋永という名前の、体が大きな子だった。乱暴なところがあり、僕は彼が苦手だった。その日の前日、秋永くんに石をぶつけられた生徒が自分の担任の先生にそのことを訴えたのである。

職員室で、僕は先生に聞かれた。

「秋永くんが下級生に石を投げつけていたという話を聞いたけど、本当かい？」

僕は羽田先生が恐くて、話しかけられたとき、緊張して体が強張っていた。でも、先生の問いかけには、できるだけ正直に答えようと思っていた。

「……はい」

そう答えると、先生は眉間にしわをよせた。

「マサオくんは、秋永くんがそういったことをしているのを、黙って見過ごしていたの？」

それから僕は、秋永くんに注意もせずただ傍観していただけという罪について長い時間、話を聞かされた。いじめが行なわれているのに、そばで見過ごしているだけでいるのは、いじめを行なっているのと同じくらい卑怯な行為で、僕はまさにそれをしてしまったのだと羽田先生は言った。僕は本当に申訳なくて泣きそうだった。先生の前で「きをつけ」をさせられて、長い間、顔から吹き出た汗を拭うこともゆるされなかった。羽田先生の口調は激しいものではなく、穏やかな注意にとどまったが、僕を見る目には、どこか動物を観察するような冷静なものがあって、それが恐ろしかった。

「また叱られたのか？」

教室に戻ってきた僕を見て、ミチオが言った。

秋永くんのことを知っているのは僕だけではなかったし、秋永くん本人はかんたんな注意を受けただけだった。そのことを、僕は後で知らされた。

授業が長引いたのも、先生は僕のせいにした。

「マサオくんがあくびをしたので、あと十分間、延長ね」

宿題を出すときも、僕の名前を使った。

「マサオくんがこの前の宿題をしてこなかったので、今日も算数のドリルを宿題にします」

先生に不満を抱くものはいなくなった。勉強しなくてはいけないのが、すべて僕のせいだとみんなは考えるようになった。僕さえあくびをしなかったら、あるいは宿題をしてきていれば、勉強せずにすんだのだ。みんなははっきりと僕に言わなかったけど、そういう気持ちでいるのがわかった。

そうなるたびに、僕は戸惑った。僕のせいでみんなが苦労するのは申訳なかったし、そうやってみんなに嫌われていくのが恐かった。話しかけると、それなりにあいさつを交わしてくれる。でも、それがまったく表面だけのもので、本当は、僕に話しかけられた相手は迷惑に思っているんじゃないかという考えがあった。だから僕が友達に話しかけることも稀になっていった。僕は教室の中ですっかり分離していた。それはまるでたんぼの中の水と泥のようだった。笑い声のあふれる教室の中にいながら、じっと自分の机についてだまっている僕は、決してみんなに交じり合っているとはいえなかった。そんなとき、周囲の視線が細い針のように尖《とが》り、僕の体を貫くようだった。ひどく居心地が悪くて、僕は教室の中にいたらいけないのではないかといつも思うのだ。

僕は、もう先生に何かを言われないように、必死で宿題をやった。あくびもがまんした。先生の前では姿勢をよくして静かにした。緊張していつも恐かった。でも、僕が失敗しなければ、先生に怒られないと思っていた。みんなに嫌われたくなかった。

でも、だめだった。宿題をやってきても、先生は、いろいろなことを指摘して僕を叱った。例えば、字が汚いとか、答えが間違っているといったことだ。

算数のドリルが宿題だったときのことだ。先生は僕の解答を見て、顔をしかめた。僕はその日の宿題については、家に帰って何時間も頭をひねったし、何度も繰り返し見なおして間違いがないかを確認したから、自信があった。それなのに、先生がそういう表情をしたことで不安になった。

「マサオくん、この問題、だれか他の人に解いてもらったでしょう。それとも、解答を見て解いたでしょう」

ちがいます、自分でやりました。僕はそう弁解した。羽田先生は信じてくれなかった。その結果、僕は嘘をついたということで、多くの宿題がみんなに与えられた。

「またマサオくんのせいで宿題が出た」

みんなは口々に言った。本気で怒っている人もいれば、すべては先生の軽い冗談だと思って笑っているものもいた。僕は申訳なくて、消え入りたかった。

その子をはじめて見たのは、体育の授業の直後だった。

僕は体育係になってしまったので、みんなの前に立って準備運動をしなくてはならない。みんなの前に出ると、なぜかいつも顔が真っ赤になってしまう。鏡でその状態の自分を見たわけじゃないけど、血がのぼっているということがわかるのだ。屈辱的な言葉だけど、きっと自分は恥ずかしがりやなのだろう。赤い顔をみんなに見られるのがいやで、いつも体育の時間にみんなの前に立つことがいやだった。

その日はマラソンだった。羽田先生がストップウォッチを持ってみんなのタイムを計る。

僕たちは運動場を十五周も走らなくてはいけなかった。僕は足が遅くて最後のほうを走っていた。僕は運動全般が苦手だったけど、走るのは特に嫌いだった。みんなで走ると、僕はいつも最下位なのである。みんながゴールしているのに、最後までひとり走りつづけなくてはならないというのは恥ずかしいことだった。他のみんなはそれほど僕のことなど気にしてはいないとは思う。それでも、視線が集中して、足の遅さを笑われている気がして、僕は泣きそうになる。

運動場を周回するだけなので、足の速い子は、何周ぶんも差をつけて僕を追い越す。そのたびに周回遅れの僕はみんなの邪魔になっているのではないかと考える。

それは、クラスで一番足の速い橋本くんが僕を追い越そうとしたときのことだ。彼はその日、最高記録を出すんじゃないかと、みんなから期待されていた。走る前から、彼は肩を叩かれて、がんばれよ、とみんなに言われていた。橋本くんはみんなに好かれているのだ。最高記録を出せるかどうか、彼は少し緊張した様子だった。

橋本くんが僕を追い越そうとしたとき、彼は転んだ。それで、最高記録なんて出なかった。

マラソンが終わり、みんな力を出し尽くして地面に座りこんでいるとき、橋本くんはこう言って転んだことを弁解した。

「マサオくんの足が引っかかったんだ」

本当は、そんな事実はなかった。橋本くんは嘘を言っているのだ。でも、僕は何も言いかえせなかった。みんなは僕よりも橋本くんのほうが好きだったし、先生も、僕がいなければいいタイムが出たのにと残念がっていたからだ。

だれも直接に僕を責めたわけではなかった。ただ、何も言わず無言でいただけなのだ。橋本くんに、残念だったねと声をかけていた。それでも、すべて悪いのは僕なのだという気配があった。

どうすればいいのかわからなかった。頭が半ば混乱気味で、僕はだれかに話しかけることもできず、ただみんなの視線が恐ろしかった。なぜかわからないけど、とても悪いことをしてしまった気がしていた。

体育が終わって教室に戻るとき、みんなは仲の良い友達といっしょに笑い話をしながらグループで帰る。僕もいつもならミチオといっしょにマンガやアニメの話をしながら歩いているはずだった。でも、その日、彼は他の子といっしょに話をして歩いていた。僕はその会話に交じることができず、みんなの一番後ろから、少し距離をあけて歩いた。

小学校の広い運動場には、休み時間になって飛び出してくる子たちがちらほら見えはじめた。滑り台やブランコに下級生が飛びついていく。青空は高く明るい日差しが僕を照らし、運動場の地面に影を作っている。

そのとき、僕は見た。

運動場の端に、青い男の子がいたのだ。背は低くて、ぽつんと立っていた。服装が青色だったわけではない。顔が真っ青だったのだ。距離があったから、表情などはわからなかった。ただ、その子の姿は明るい小学校には似つかわしくなくて、まるでそこだけ風景がはさみで切り取られて穴があいたように見えた。そのために僕の目をひき、たんなる風景のひとつとして見過ごすことができなかった。

僕は足をとめて、あらためて男の子の姿をよく見ようと目を凝らす。しかし、その子はどこへ行ってしまったのか、いつのまにかいなくなっていた。

僕の見間違いかもしれない。そのときはそう結論付けて、居心地の悪い教室へ戻った。

しかし、その子が僕の見間違いなどではないということを、やがて僕は思う存分知らされた。

第二章

1

　アオは頻繁に僕の視界へ現れた。アオというのは、僕がその子につけた名前であり、本当の名前をなんというのか知らなかった。顔が真っ青だから、アオである。

　彼はいつも僕のほうを見ていた。壁際や運動場の端に、まるでだれかに取り残されたような格好でぽつんと立ちすくんでいる。校舎の中、みんなの行き交う廊下の真ん中にいることもあった。人通りが激しくても、彼は押されてよろめいたりしない。空気のようにじっとしていた。

　はじめて見たときずっと遠くにいたアオは、日を追うごとに僕のそばへ近づいてきた。そうするとわかったのだが、アオは異様な格好をしている。それはほとんど狂気じみていて、僕はそれに気づいたとき、あまりの気持ち悪さから悲鳴をあげかけた。

　顔が青いというのは、病気で顔色が悪いというのではなかった。文字通り肌が真っ青だったのだ。まるで絵の具で塗りたくられたようである。また、顔は傷だらけだった。縦横に傷跡が走り、それはナイフで切られたようだった。

片耳と頭髪がなかった。だれかに殺《そ》ぎ落とされたようである。あるべき場所は、つるつるの、ただの皮膚である。

右目は塞がっていた。どうやら瞼《まぶた》を接着剤でくっつけられているにちがいなかった。アオは右目を開けたがっているように見えたが、接着された皮膚が引っ張られ、顔は奇妙に歪《ゆが》んだ。

唇に紐が通されていた。まるで紐靴のように、上の唇と下の唇に穴を開けて縫われている。そのために口を開けられず、呼吸はおそらく鼻で行なっているのだろう。

上半身にはおかしな服を着せられていた。それが拘束服という名前の服であることを僕は知っていた。以前にテレビである映画を見ていて、主人公がきゅうくつそうな服を着せられていた。その際にお母さんへ聞いたのだ。

「あれは何?」

「拘束服というのよ。暴れないようにするために着せるの」

アオが着ていたのはそれだった。両腕はすっかり動かせない格好である。

下は、ブリーフだけである。二本の、あきらかに栄養が足りない干からびた細い足で、よろよろと地面に立っていた。

開いているほうの目だけで、じっと僕を見ていた。そこから、涙が流れていることもあった。時々、怒りで真っ赤になっていた。それはほとんど、血に染まったような赤色だった。

あまりに現実離れしたその姿は、怪物のように思えた。存在感は濃く、視界の中にいると、たとえそれが遠い場所であったとしてもすぐに気づいた。アオの視線は重さと熱を持っており、他のだれのものともちがっていた。彼が僕を見ていたら、すぐに気づく。

なぜ、アオが僕を見ているのか。アオが傷だらけで、異様な格好をしているのか。僕は何もわからなかった。

ただ、小学校というふうにいつも見なれていた空間に、ぽっとアオのような子が迷いこんでいることが恐かった。しかも、だれもそのことを疑問に感じてはいないのだ。

僕はアオが恐かった。視界に現れて、僕を見ていることに気づくと、背中に汗がにじんで動けなくなる。彼のほうに目を向けたまま、視線をそらせなくなって、つい凝視してしまう。

きっと幽霊を見てしまったとき、自分はこうなるだろうと思う。それまで僕には家族がいておもしろいテレビ番組やマンガがあって楽しく過ごしていたのに、それを見た瞬間、自分が本当はまったくわけのわからない、暗闇の世界にひとり取り残されている気分がするのだ。僕に与えられていた暖かいものすべてが実は冷たい凍りついた石の塊《かたまり》だったと気づかされる。アオを見ると、僕は一瞬、混乱して、そういった薄暗い不安にかられるのだ。

最初のうち、アオは小学校の生徒だろうかと考えた。背丈は僕と同じくらいだったから、年齢は似たようなものだろう。

「顔の青い子が見えるんだけど、ミチオはそんな子を見たことある……？」

ある日、僕はミチオにたずねた。すると彼は、首をかしげた。

「からかってるの？」

そう言うと彼はみんなの話の輪に戻っていった。僕はその中に加えてもらえなかったし、声をかけようとするといやそうな顔をされたので、それ以上、話しかけるのは無理だった。

弟のノブにもたずねた。

「肌が青い色の子、ノブのクラスにいない？」

彼はキョトンとした目で僕を見る。

「いないよ」

そしてノブは野球のグローブを握り締め、近所の友達と自転車をこいで出かけていく。

アオは、僕以外のだれにも見えないのだ。そう結論づけた。そうでもなければ、アオのことでもっとみんな真剣に驚いたり、悩んだりするはずなのだ。

それに、こんなことがあった。授業中、僕が先生に立たされて、難しい問題を解けずに困っているときのことだ。アオが唐突に教室の片隅へ現れたのである。いつのまに、どうやって教室へしのびこんだのかわからない。教室の扉は授業中、閉められているはずだし、開閉するたびに音が出るはずだ。でも、だれもアオが入ってきたことに気づかなかったし、アオが立っていることもみんなはわかっていなかった。みんなに見えているのなら、じっと僕を見つめているアオに気づかないはずはないのだ。

アオはいつのまにかそこに立っている。彼が現れる条件に規則性はなく、まったく彼の気まぐれでそうしているようだった。

先生が僕に難しいことを言って困らせているときや、僕の失敗をみんなに吹聴して楽しんでいるときにも現れた。彼の、接着剤で閉じられていないほうの左目には、透明な水の膜が表面にでき、それが教室の蛍光灯に照らされていた。僕を哀れんで泣いているように見えた。化け物のようなその姿の中で、小さな片方の目は唯一、無垢《むく》な子供のように見えた。僕はいつもアオを見ると恐ろしい気持ちになったけど、その目を見たとき、なぜか親密な友達のような気がした。でも、そんなアオのほうにばかり気持ちを向けていると、羽田先生が僕を叱るのだ。授業中、先生は僕を見張っており、何か少しでも悪いことをしたら指摘するのである。

羽田先生が僕の失敗を見つけ、少し大げさに驚いたりあきれたりすると、アオの目は険悪なものになる。それは世界中の怒りを煮詰めて凝縮したような熱を持っていた。拘束服の中で必死に体を動かし、力任せに破ろうとする。しかし服は破れない。叫び声をあげようとするが、口を繋《つな》ぎとめる紐のせいで、声をあげられない。その状態のアオはやはり恐ろしかった。どこかへ消えてほしいと願った。もしもアオが自由になって、あの目に宿る怒りのままに行動をはじめたら、きっと悪い結果になると僕は感じた。

アオはいつも精神が不安定である。暴れようとしている姿を何度も見た。まるで感情という台風が雷と大雨を交えて拘束服の中に包まれているような存在だった。その拘束服は封印なのだ。アオを押さえつけて、まわりに被害が及ばないようにするためのものなのだ。そう僕は考えた。

彼は何なのだろう。恐かったけど、実はずっと昔からの知り合いのようにも思えた。みんなには見えていないということは、幽霊みたいなものかもしれない。それとも、幻覚なのだろうか。

アオは、授業が行なわれている教室の中を歩いた。足をけがしているのか、片足を引きずっていた。その足は新聞紙を丸めたように細く、直径は人差し指と親指で作る円と同じくらいの大きさである。僕は少し太りぎみだったので、アオのまるで飢えた子供のような体が信じられなかった。その足の皮膚も青色で、だれかに縄跳びでたたかれたようなミミズ腫《ば》れがあちこちにあった。僕の耳には、授業を行なう羽田先生の声とともに、彼の片足をひきずる静かな物音が聞こえていた。アオは教室を徘徊《はいかい》しながら、じっと僕を見ていた。

だれも彼に注意を向けなかった。みんなは先生の話を聞いていたり、黒板の文字をノートに書き写したりするだけなのだ。

学校の外、登校や下校をする間も、アオを見ることがあった。家のそばに農作業機具を入れておく小屋があって、その陰に立っていることもあった。

学校で僕とすすんで話をしてくれる人はいなくなっていた。僕はただ毎朝、家を出て、学校へ行く。そこでいろいろなことに不安を感じながら過ごして、家に戻ってくる。ただそれだけの生活をしていた。

これまでなら、ゲーム好きの友達と机を囲んでドラゴンクエストの攻略法について意見を交わし、実際にできるのかどうかわからない裏技の知識を披露して笑いあっていたはずだ。学校の帰りに友達の家へ行き、発売されたばかりの巨大なゾイドを見せてもらっていたはずだ。ゾイドというのは、ゼンマイ、あるいはモーターが中に入った恐竜のプラモデルのようなもので、完成したら実際に動かして遊ぶことができる。種類は小さなものから大きなものまであり、もっとも大きなウルトラザウルスという名前のゾイドはお小遣いでは買えないほど高価だった。僕は友達の家で、モーター音を響かせながらゆっくりと歩くウルトラザウルスを眺めたことがある。でも、そのような生活の一切は僕から消えてしまっていた。

それまで親しかった子たちも、どこか僕を疎《うと》ましく思っているようだった。それはほとんどわかるかわからないかのちがいだと、みんなは思っているのかもしれない。きっと僕に意地悪をしているつもりなど、みんなにはないのだ。ただ、クラスの足を引っ張る問題のある子供として僕を扱いはじめただけで、少しだけ距離を置いたにすぎないのだろう。でも、それだけで僕にとっては何もかもがちがってしまった。

僕は一生懸命がんばっているつもりなのだけど、みんなはそれが無駄な努力だと思っているようだった。はっきりとだれかにそう言われたわけじゃないけど、視線からそれがわかるものなのだ。

授業が始まる前に、今日は先生に指摘されるような忘れ物はないだろうかとノートを読み返す。机でひとりそうしている僕を見て、みんなは「今日はしくじんなよ」と声を投げてくる。

みんなは教室の中で友達とふざけあい、消しゴムの投げあいをする。廊下まで聞こえるような大声で話をする。でも僕には話をする相手もなく、ただ机に座って予習をするしかないのだ。

そんなとき、僕の机のすぐ横にアオが現れる。読んでいたノートから視線をずらすと、アオが机のそばにしゃがみ、片耳と頭髪のない青色の顔を机の陰からじっと覗かせて僕を見上げているのだ。そのときの彼の目は不思議な色合いをしていた。周囲を走りまわる子供たちに視線を向ける。僕は不思議と、そんなアオをどこかで見た気がする。

でも、それはありえないことだ。僕にはアオのような子供の知りあいなんていない。学校で僕と話をしてくれる子はいなかったけど、家では普通の生活をつづけていた。お母さんに学校でのことを話したら、悲しませるにちがいないと思っていた。それは絶対にいやだ。

以前、僕は車の事故に遭った。まだ小学校にあがる前、道の脇に停めていたうちの車へ、ダンプカーが突っこんできたのだ。車の中にいたのは、僕だけだった。両親は僕を残して車の外に出ていたから、事故に遭遇しなかった。

体に傷跡が残るほどひどい事故だった。でも、そのときのことはほとんど覚えていない。かろうじてそのことで記憶に残っているのは、入院中に大量の薬を飲んだことや、無数の注射を打たれて腕が穴だらけになったこと、そして、全身に包帯を巻かれた僕のかたわらで泣いているお母さんの声だけだった。

「あなたは大事故を生き延びたのだから、奇跡の子供なの」

お母さんは時々、そう言った。もう、僕はお母さんに心配をかけてはいけない。そう思う。

だから、学校でのことをたずねられたら、作り話を語って聞かせていた。

「今日、先生が僕の絵をほめてくれたんだ」

夕食のときそう言うと、お母さんは、うれしそうな顔をした。僕がだれかにほめられると、お母さんは誇らしいと感じるようだった。

「羽田先生のようないい先生に教えてもらってよかったじゃない」

僕は笑顔でそのことに同意した。胸の奥で、何かうずくものがあった。

もしも僕が羽田先生に嫌われていると知ったら、お母さんはどんなに悲しむだろう。そのことを考えると、その場を逃げ出して部屋に閉じこもりたくなる。だましている、ということの罪悪感が僕に襲いかかる。でも、僕は何も言えずに、家族で囲んでいる夕食の席で普通の顔をしていなくてはならないのだ。

でも、時々、家族といるときにも羽田先生の顔を思い出して、僕は呼吸がとまりそうになる。食べていたものを吐き出してしまいそうになり、あわてて口を閉じる。汗をかき、口に入れているものがゴムか何かの塊のように思えてくるのだ。しかしだれにも覚《さと》られてはいけないという気持ちから、僕は必死にそれを飲みこむ。

家でテレビを見ているときも、マンガを読んでいるときも、いつも先生に見張られている気がして恐い。急に手足が震えだし、わけもなく心臓が速く打つ。不安と緊張が全身を包みこみ、耳の中で先生が僕の失敗を見つけたときのあきれたようでどこかうれしそうな声が蘇《よみがえ》るのだ。

中学二年生の姉が、突然にノックもせず僕の部屋をおとずれたことがある。そのとき僕は、椅子に座って机にひじをつき、汗を流しながら震えてわけのわからない恐怖に耐えていた。

姉は僕を見て、不審そうな声をかけた。

「あんた、どうしたの?」

僕はあわてて体の震えをとめ、笑顔を浮かべた。

「別に、なんでもないよ」

僕が学校でみんなに嫌われていることなんて、絶対に言えなかった。

僕と姉はお互いそんなに仲が良かったわけじゃない。でも、かけられる言葉は、教室でのものとは温度がちがっていた。まるで僕は、失敗ばかりして怒られる子供ではないのだという気持ちになれる。心に温かいものが広がり、それは泣いてしまいそうなほどやさしかった。

そのことを感じるたび、家族にだけは、学校でのことを秘密にして隠し通さなくてはいけないと決心するのだ。

2

先生が僕に対してばかり不満を言うのも、僕がみんなよりも劣っているからなのだ。例えば、僕は太っていて走るのが遅かったし、サッカーも下手だった。恐がりで、授業中に手を挙げることもできなかった。

勉強は普通より少しよくできるほうだったけど、それは好かれるという要素ではないのだ。

算数の時間、いつものように先生は僕を指名して問題を解かせた。先生が心のどこかで、僕が問題を解けずに困ってしまえばいいと考えている気がした。実際、先生の出した問題は難しいものだった。しかし、その前日、僕はしっかりと予習していたから、なんとか間違わずに済んだ。

「マサオくんは今、みんなよりも自分は頭がいいのだと威張っています」

先生はおどけるように言った。クラスのみんなは、先生がひょうきんな顔をしたので笑い転げた。僕の中にあった難しい問題を解いたという達成感はすぐに薄れていった。

少しくらい勉強ができても、だれも喜ばない。マンガの中で主人公はいつも、勉強ができなくたってスポーツは万能な元気のいい男の子だった。クラスの中でみんなの中心になっているのも、勉強ができる子ではなく、みんなを笑わせたり、リーダーシップをとったりすることが得意な子だった。これまで教わった先生たちも、本当に好きなのは、勉強だけよくできて他のことは何もできない子供などではなく、勉強には問題があっても元気はつらつとした子供なのだ。

でも、僕はみんなのことが好きだった。体育の時間、足がひっかかったと嘘をついた橋本くんも、以前に僕と遊んでくれた。彼の家でゲームをしたこともあった。いいやつなのだ。それに、体育の時間、嘘をついてしまった気持ちも、僕はわかる気がした。みんなに期待されて、それができないとき、だれかのせいにして自分は悪くないとだれだって思いたいのだ。だから、橋本くんも、咄嗟《とっさ》にあんなことを言ってしまった。他のクラスメイトも、僕と話をしてくれなくなったけど、本当はいいやつなのだということを僕は知っていた。

　隣の席の二ノ宮も、僕とあまり話をしなくなった。しかし、おそらくそれは彼女の本心からの行動ではなく、まわりの状況がそうさせたんだと思う。他の人たちが僕を避けるようになったから、彼女もそうしなくてはいけなくなったのだ。ひとりだけ僕と親しくしていたら、クラスの中で孤立してしまう。だから距離をとらないといけなくなった。もともと二ノ宮はやさしい子供なんだということを僕は知っていた。去年、兎小屋の掃除を僕ひとりでやらされていたとき、彼女は見かねて手伝ってくれたのだ。

　みんな、本当は嫌なやつじゃないのだということを僕は知っている。だから、みんなが僕を嫌っても、僕はみんなのことを心の底から憎むことができない。

　なぜ先生は僕ばかり見張って叱るのだろう。最初のうち、僕のことが嫌いだからなのだと単純に思っていた。でも、授業で日本の歴史について学んでいて、もうひとつの理由に気づいた。

江戸時代、日本には「えた」や「ひにん」と呼ばれる人がいたのだそうだ。彼らは士農工商といった人々よりさらに身分が低く、いろいろな権利が与えられなかった。彼らは常に差別されながら生きていかないといけなかったのだ。

農民の生活もつらく、不満がたまっていた。そういった不満が爆発すると、農民たちは武装して領主の屋敷を攻撃したという。

でも、「えた」「ひにん」という、農民よりもさらに低い身分の階層を作ることによって、不満を上ではなく、下に向ける。あるいは、自分たちよりももっと地位の低い者たちがいるとして安心させたのだ。つまり「えた」「ひにん」とは、民衆を支配するため特別に作られた最下級の身分なのだそうだ。

僕は授業中、そのことを聞いていて恐ろしくなった。そして、このようなルールを作らなくては不安を拭い去ることのできない人間、不満を解消できない人間について考えた。どうして世界はこうなっているのだろう。生きていく上でいろいろなことに恐怖し、不安を抱いて、自分を守ろうとする。がたが震える感情を安心させるために、だれかを笑い者にするんだ。

僕は、この教室における下層階級なのだと思う。

みんなの不満はすべて僕に向けられるから、先生は大丈夫。クラスの批判を受けずに評判のいいままでいられる。

先生に怒られるのはいつも僕だから、みんなは大丈夫。叱られて泣き出すこともない。だれよりも劣っているだめな子供がいるのだから、プライドは傷つかない。

クラスで一番、身分が低いのは、みんなはっきりと口にしないが、僕だということは共通の理解なのだ。

先生は社会の授業中、先に触れたような内容のことをみんなに言い聞かせながら、いかに差別が悪いことかを話していた。話を聞いていたみんなは、教科書に掲載された下層階級の者たちの過酷な生活を読み、真剣な顔をしていた。

僕は頭が真っ白になり、ほとんど呼吸できないような、ひどい気分になった。手が震えるような気がした。

僕のすぐ横に、気づくと、アオが立っていた。僕はもう、アオがいることを当然のように感じていたので、あまり驚かなかった。彼は僕に顔を近づけた。彼のおぞましい傷だらけの青い顔が鼻先に近づく。紐が幾重にも通された上下の唇は閉ざされていたが、わずかに隙間があり、口の中の暗い闇が洞窟となって見えた。そこから、うめき声がもれた。それは意味のある声ではなかった。苦痛に身悶《みもだ》えする叫びだった。片目は僕に向けられ、それは哀れむような感情を湛《たた》えていた。

アオは僕の幻覚なのだ。その考えが間違いだとは思えなかった。実在しない彼は、机に座り自分の存在について考えている僕を見て泣いているのだ。僕は静かにそのことを理解した。

僕が最下層であることを、みんなは当然だと思っているようだった。

体育の授業の前、体育係として僕はマットを運び出さなくてはならなかった。

「マサオくん、やっといて」

僕以外に体育係は四人いたけど、みんなは当然、僕がやっておいてくれるものとして遊んでいた。僕はひとりで授業に用いる道具を取り出すことになった。しかしマットは重く、ひきずっていかなくてはならなかった。そのため時間がかかり、体育の授業がはじまるまでに用意しておくことができなかった。

「バカ、早くしろよ、怒られるだろ」

同じ体育係の杉本くんが、まだマットを用意できていない僕を見てあきれたように言った。

しかし準備ができていなくてもみんなが怒られる心配はなかった。先生が怒鳴って叱りとばすのはいつも僕ひとりだったからだ。

みんなは、怒られるのが自分ではなくて良かったと安堵する。そして、あらためて佐々木マサオは何もできない劣った子供なのだと理解する。

自分のおかれた状況がいやだった。家でお母さんに学校のことをたずねられるたび、楽しいできごとを想像してでっちあげた話をするのもつらかった。

だからある日、小学校一階の廊下で羽田先生を呼びとめた。それは夕方、一日の授業が終わり他の子たちが帰っていく時間だった。先生に話しかけるのは本当に恐かったけど、そうしなければいけないと感じた。

「先生……」

後ろから羽田先生の背中へ声をかけた。細くひきしまった先生の体は、廊下の天井に頭が届くのではないかと思えるほど大きく見えた。先生が振りかえるまで、ひどく長い時間がかかったように思えた。その間に僕は逃げ出したくなる恐怖を必死にこらえていた。

先生が立ち止まり、ゆっくり後ろを見て、声の主が僕であることを確かめる。

「なんだ、マサオくんか」

先生は明るい声を出して、にっこりと微笑んだ。

一年生の子たちが、ランドセルを背負って女の先生にあいさつしながら僕と羽田先生の横を通りすぎていった。つき抜けた青空のような笑顔だった。それが一年生の子たちだということはランドセルを見ればすぐにわかった。まだ買ってふた月程度しか経過していないランドセルは、箱のように整った形をしている。一年生の子たちの小さな、それでいてやかましい足音が遠ざかると、急にあたりは静かになった。両手に紙の束を持っていた女の先生も職員室へ入っていった。後は夕方のやわらいだ外の光と、影になって薄暗く見える廊下に連なった窓枠だけである。しだいに人の少なくなっていく小学校の寂しい校舎、その気配が今日も立ち込めてきた。

僕が緊張して言葉が出せないでいると、羽田先生は笑みを浮かべていた口元をそのままにして、細めていた目をもとの状態に戻した。その視線はまるで昆虫の観察をするように僕の表面を移動し、僕はピンで串刺しにされた気分となる。

「話をしたいことが、あるんですけど……」

「今ここで？」

先生がたずねる。僕はうなずいて、話をはじめた。まず何から話をすればいいのかわからず、戸惑いながら、とにかく今、自分が感じていることを先生に言ってみた。

「僕ばかり怒られている気がして……」

そして毎日が耐えられないほど苦しいということを先生に伝えた。みんなと同じように扱ってほしかった。絶対に怒らないでほしいというわけではない。いけないことをやったときだけ、怒ってほしいのだ。

先生を前にすると、それまで考えていたことをすっかり全部しゃべるということが無理だった。でも、つっかえながら、僕はとにかく話をした。

羽田先生は深刻な話を聞くときの様子で、何度も相槌《あいづち》をうった。それは生徒に相談を持ちかけられた際、親身になって話を聞くときの姿だった。僕が話し終えたとき、先生は眉間にしわをよせて、悲壮なものを見るような顔をした。

羽田先生は少ししゃがんで、僕の肩に手を置いた。

「マサオくんは、つまり、自分だけでなく、みんなを叱ってほしいということを言いたいんだね？」

先生が何を言ったのか、最初はわからなかった。でも、その言葉を理解すると、まるでスイッチが切れて電灯が消えてしまうように、心の中が一瞬で絶望の暗い闇に閉ざされた。

「自分ばかり怒られているのが不公平だと思うんだね？」

ちがう。僕は泣きそうになって首を横にふった。肩に置いた先生の手を振り払って逃げ出したかったけど、その手に力が入り、まるで僕を逃がすまいとするかのように肩へ指がめりこんだ。骨が壊れるのではないかと思い、先生の顔を見上げた。羽田先生はまったく普通の顔で、むしろやさしく僕を諭すような表情をしていた。

先生がまわりを見た。廊下にはそのとき、他にだれもいなかった。先生は僕の肩をつかんだまま、少し歩いた場所にある理科室の扉をくぐった。僕はいやな予感がして、その部屋に入りたくなかったけど、先生に無理やり歩かされた。

理科室にはだれもおらず、夕刻の薄闇があるだけだった。ガスバーナーの備え付けられた机がいくつか並んでいる殺風景な教室である。壁には、去年の夏休みに優秀な生徒が撮影したという蟬が蛹《さなぎ》から羽化する瞬間の写真が飾られていた。

僕と先生が中に入ると、先生はすばやく扉を閉めて鍵をかけた。閉めきった理科室内では小さな音もよく聞こえる。先生と僕の靴がリノリウムの床でこすれて出る小鳥のさえずるような音まで耳に届く。

僕は理科室の真ん中に立たされた。また先生に叱られるのだろうと思い、足が震えるようだった。でも、恐がっているということを気づかれるのは恥ずかしい。顔が真っ赤になる。

「マサオくんは、自分ではなくて、他のみんなが叱られればいいと思っている。自分のことしか考えられない悪い子なんだ」

先生は僕の正面に立ち、子供へ物事の道理を言い聞かせるような声を出した。立ったまま先生の顔をおそるおそる見ていると、先生は、少し語気を荒くした。

「『はい、その通りです』と言いなさい！」

それまでやさしい口調だった声が一変して、僕は頬を叩かれたような気がした。咄嗟に首をすくめ、先生の言う言葉を繰り返した。

「はい、その通りです……」

本当はそうじゃないと言いたかったけど、理科室の中には僕と先生だけだったし、恐かったので、そうすることしかできなかった。

「先生は、マサオくんのことが嫌いだから怒っているというわけじゃないんだよ。きみがいつも失敗ばかりするだめな子だから怒っているんじゃないか」

先生は、まったく心外だというように言った。「はい、そうです」と僕は言わなくてはならなかった。

「先生はね、きみくらい酷《ひど》い子を見たことないんだ。だから、ちょっと驚いて、理不尽に叱ったことがあったかもしれない。でも、それは全部、最終的にはきみのためになるんだよ」

先生は再度、僕の肩に手を置いた。今度は両手で、僕を逃がすまいとでも言うようにしっかりとつかむ。先生がにらみつけるような目で僕を見据え、顔を鼻先まで近づけてきた。僕はその視線から目を外すことができなかった。少しでも動いたら強い力で殴り飛ばされるという明確なイメージが僕の中にわきあがった。だから一切、身動きできなかった。

「『自分は悪い子です』と言いなさい」

先生がそう言った。

「……自分は悪い子です」

「繰り返して」

僕は幾度もその言葉を口にして、自分を卑下《ひげ》した。そうしなければ先生の機嫌が悪くなると思った。僕は先生が怒り出してしまうのを恐れ、気分が良くなるのならどんなことでもしようと考えていた。先生は大人で、体もずっと大きく、力が強いのだ。目の前に立って見下ろしている羽田先生は、二人だけの理科室の中で、絶対的なものとして僕の目に映っていた。

自分は悪い子供です。しばらくそう繰り返した後、さらに次々と別の言葉を自分に言い聞かせなくてはならなかった。

僕はみんなよりも劣っています。ナメクジと同じです。ミミズよりも頭が悪いです。デブです。豚です。みんなよりも地位は低いです。生きている価値がありません。僕はバカです。死んだほうがましです。根暗でスポーツもできないので友達なんてできません。とにかく劣っているのでこれからも僕はみんなのように生きることはできません。それらの言葉をそれぞれ二十回ずつ、先生の命令で唱えさせられた。

発声練習のように繰り返しているうちに自分がみんなよりも劣っているという考え

方は、自分自身へ刷りこまれた。そのうちに、自分は本当にだめな子供であると感じはじめたのだ。頭がしびれて、自分がこれまでやった恥ずかしい失敗などをすべて思い出した。そして、先生が僕を叱るのも当然だという気がした。なぜなら僕といったら、ビックリマンチョコが欲しいためにお母さんの財布から時々お金を盗むような悪い子供なのだ。なぜそうしたかというと、友達の一人が持っているような貴重なビックリマンシールが自分も欲しかったためなのだ。みんながあまり持っていないようなシールを手に入れれば、友達から一目おかれて気分がいい。ただそうやって優越を感じたいだけのためにお母さんが台所の椅子の上に置きっぱなしにしていたハンドバッグから財布を抜き出してお金を盗んだのだ。もしかするとお母さんはそのことに気づいていたのかもしれない。もしそうだとすると、すべてを知っていて、僕をゆるしていたのだろうか。僕はなんて恥ずかしい悪い子供なのだろう。

胸のうちで、自分はみんなと同じように普通に暮らしていてはいけないという罪悪感が広がる。みんなが僕を避けるようになったのも当然なのだ。いつのまにかそう思えてくる。

先生は、僕に繰り返し声をあげることをつづけさせながら、理科室を出ていった。

僕はひとりになっても、先生が見張っている気がして声をあげつづけた。いつのまにか時間が過ぎて太陽は沈みかけていた。理科室は電気をつけていなかったために暗く、その中心に立っている僕は世界の中でただひとりきりの生物なんじゃないかと思えてくる。小学校の校舎は、生徒がほとんどいなくなると、息を潜めた巨大な生物のように思えてくる。その中で僕の、自分を卑下する言葉がつづく。いつのまにか自分が泣いているということに、僕はしばらくの間、気づかなかった。

3

理科室でのこと以来、僕は何もかもが少しだけ楽になった気がした。それは傷口の上に薄い皮膚ができて痛みが和らぐような気持ちだった。

いくら先生に叱られても、失敗して笑われても、以前のように絶望して呼吸できないほどの困惑に襲われるわけではなくなった。それは自分の心が強くなり、周囲の視線を気にしなくなったというようなことでは決してなかった。

自分はもともとできそこないで、何をやらせてもうまくいかない人間なのだから、叱られ、笑われることは当たり前だと、諦めることができたのだ。心の中は乾燥して吹けば飛ぶような灰となり、僕は以前のようにあまり考えなくなった気がする。

給食のとき、あらかたみんなが食べ終わる時間になると、給食係が教室の前に出てきて終わりの合図をする。

「ごちそうさまでした」

給食係の声にあわせてみんなもあいさつをすると、椅子から立ちあがる音が教室中で上がり、食器の片づけがはじまる。

「マサオ、おれのぶんもいっしょに片づけておいてくれないか？」

木内くんが僕にそう声をかけた。彼の席は僕のひとつ前で、僕たちは同じ班である。給食のとき机を動かして班ごとにグループを作って食事をすることになっている。

「いいよ」

僕が返事をすると、同じ班の佐伯さんや橘さんが、「私のもお願い」と言って食器を僕に押しつけた。それを見て二ノ宮も僕に食器を差し出す。

不思議と怒りなどはわいてこなかった。何かを押しつけられるのになれてしまっていた。

しかし、恐怖が消えるということはなかった。むしろそれは大きくなっていた。特に先生やクラスメイトの、目が恐かった。いつもどこかから、みんなが僕を見張っている気がした。授業の合間にはさまれる休憩の時間、みんなは僕のことなど見ずに仲のいい友達と話をして遊んでいる。僕はそのことを頭で理解している。でも、なぜか周囲から見張られている気がしてならない。全身の筋肉が緊張で強張り、汗がいっせいに噴き出す。どんなに空気を吸っても呼吸した気にならず、息苦しい。目を閉じると、みんなが僕を見て一切の動きに注目しているという光景が思い浮かぶ。僕はいつ、どんなときでも、無意識に羽田先生の姿を探しておどおどしていた。

声も恐かった。僕の名前が呼ばれると、また自分が間違ったことをしてしまって呼び出されたんじゃないかと思った。僕の心はすっかりいじけて自分が間違いをおかすのは当然だと諦めていたけれど、それでもどこかに羞恥心は残っていた。だから名前を呼ばれるたびに心臓が止まるほど驚き、ついに自分が致命的な失敗をしてしまったのではないかと恐ろしくなるのだ。それは、学校にいるときだけではない。たとえ家族が僕の名前を呼んでも、そう感じる。

「マサオ！」

二階の自室で僕が机について明日の予習をしていると、階下からお母さんの声が聞こえてくる。しかしそれが耳に聞こえた瞬間、お母さんの声などではないように思える。僕が教室の真ん中に立たされて問題に答えられず、押し黙ったままみんなに笑われている最中に羽田先生がかけた声として聞こえるのだ。その瞬間、僕は自分のいる場所を見失う。窓とカーテンを閉めきった自分の部屋ではなく、みんなの嘲笑《ちょうしょう》が充満する教室にいる気がする。僕は机にひじをついて、力いっぱいに両手で耳を塞がなくてはならないのだ。

震えが止まるのは家族の目があるときだけだった。姉やノブと話をするとき、不思議と僕は恐怖から解放されたようになる。学校で自分はまったく何もできない子供なのだけど、それがただの夢だったように感じる。

学校と家ではまったくちがう世界に思えた。僕は毎日、家を出て学校に行くまでの間、通学路の途中で世界の決定的な境界線を踏み越えているのではないだろうか。

トラクターの巨大なタイヤは表面にV字形の突起を持っていて、突起の間に付着していた泥がそのまま田んぼに挟まれた道にプリントされている。そんな通学路のどこかで、僕を価値のない存在にさせる空間の歪みがあるにちがいない。

教室での僕の存在はすっかり定まっていた。すでに僕はクラスの生徒ではなくなっていた。むしろ、ゴミ箱のようなものだった。いれるのは普通のゴミではない。もっと形のないものだ。それは、どこの教室にも必ずある、先生や生徒への不満、だれかに与えられるべき罰則といったものだった。

羽田先生は、みんなに与えなくてはならない勉強の課題を、まるで僕ひとりのせいでしかたなく与えているかのように振舞った。クラスのみんなは、本来、先生に向けられる不満を僕に向けた。

クラスのみんなが騒いでいると、先生はなぜか僕を叱りつけた。僕は物音をたてずに机でじっとしているだけなのに、「よそ見をしていた」という理由などをこじつけて叱った。そのような僕を見て、みんなは静かになった。先生は、みんなに対して抱いた不満を、僕へかわりにぶつけていたんじゃないかと思う。直接にみんなを叱らなくても、僕に対して怒鳴り声をぶつけることで、みんなははっとして話をやめる。何が起こったのだろう、という気持ちや、騒いでいては自分もああなる、という心理があるのだと思う。そうやって授業中の静けさは守られる。みんなの中で先生に対する不満など発生しない。もしもそういったものがあるとしたら、それは僕の中にだけ生まれる。しかし理科室のことがあって以来、僕の中に不満というものは不思議と少なくなっている。まるで襲われる羊のように僕はただすべて受け入れてしまうようになっていた。

僕の感情は死んでしまったのかもしれないと思う。しかしそれにしては常に何かを恐がっているところがあり、それを考えるとまだ人形のように何も考えていないというわけではないのだろう。

みんなは何か失敗をした言い訳に僕の名前を持ち出す。例えば宿題をやってこなかったとき、「マサオくんといっしょに考えようとしたけど、マサオくんが遊んでばかりいて……」というふうに、僕の身に覚えのないことを言われた。

「なんだ、じゃあしょうがないな」

羽田先生は、まるで冗談みたいに笑いながらその子を許すのだ。先生は、その子が宿題をしてこようが、してくるまいが、どちらでもよかったのだ。重要なのは、僕をいかにして叱りつけるかということなのだ。したがって、宿題をやってこなかったという言い訳はまさに先生の望む話だったのである。

「マサオくん、どうして宿題せずに遊んでばかりいるの?」

羽田先生は腕組みをして、まるで食べ物をこぼした幼稚園児を見るような目で僕を見下ろすのだ。

みんなは、先生のそういった遊びに気づいていただろうし、それをわくわくしながら見物しているように思えた。それが悪いことだとはだれも思っていなかった。僕自身、なぜか世界の法則のように思えていた。だから、だれか他のクラスの先生に言いつけるといったことは考えなかった。これは悲しむべきことではなく、クラスにおける係決めと同じ、クラス特有のルールなのだから。

僕は、こういう係になっただけなのだ。つまり、バランス係。クラスのバランスをとるために存在する、生贄《いけにえ》のような係だ。

みんなよりも地位の低い子だから、みんなが僕と話をしないのは当たり前だったし、怒られるのも当然なのだ。みんなが「自分よりも手のつけられないほど劣った子がいる」と意識することで、五年生の教室という世界は円滑に機能し、何も不満などは起こらないという仕組みなのだ。それが、教室の中にだけ存在する世界の法則である。

このルールは学校の中だけの秘密だった。羽田先生は『五年生タイムズ』にこのことを書かなかったし、臭わせもしなかった。最近、五年生のクラスで流行っている遊びや、飼っている金魚の名前がついに決定したことなどが書かれているだけである。それを読んだお母さんは僕に言った。

「明るいクラスね。いじめとか起こりそうにないわ」

僕はうなずいてそれに同意した。そして算数の時間にみんなの解けなかった問題を僕ひとりだけが解き明かして先生にほめられたという作り話を聞かせた。本当はまったくそんなことはありえなかったのだけど、それでお母さんが喜んで、僕が学校でどんな生活をしているのかについて気づかないでいてくれたらいいと思っていた。

もしも学校でのことが家族に知られたらどうしようかという不安があった。例えば友達が親に話をして、そこからお母さんの耳に伝わってくるかもしれない。そうなると、僕が学校で実は何もできないだめな子供だということが知られてしまって悲しむだろう。それが恐ろしかった。お母さんが電話の受話器を握っている場面に遭遇するたび、もしかすると僕のことをだれかから聞かされているのかもしれないと心配した。そしてお母さんの表情などから、そうではないと知ると、救われた気持ちになるのだ。常に僕は気が休まるということはなかった。

学校で給食の後におとずれるお昼休みは、一日の中でいくつかおとずれる休憩時間の中でもっとも長い。いつも僕のクラスでは男子が集まってサッカー野球をする時間だ。僕はこういった羽田先生の作り上げた世界のルールに従いながらも、サッカー野球の仲間に入れられていた。もともとサッカー野球が上手だったわけではないから、失敗して笑われることが多かった。

ピッチャーの転がしたサッカーボールを蹴るとき、空振りをしたり、ちっとも遠くに飛ばなかったりする。もちろんその様は、味方の組や守備についている相手の組、全員が見ている。だから恐ろしく恥ずかしい。アウトになるたび、僕は憂鬱な気持ちになる。

「しょうがないよ、マサオくんなんだから」

満塁でチャンスのとき、僕がアウトになると、みんなはお互いにそう言って励ますのだ。

「……ごめん」

僕が謝ると、みんなはやさしい顔をしてくれる。怒る人などいない。僕は許してもらえたという気持ちになり、恐怖から安堵に気持ちが変化する。

僕のいる赤組が守備のとき、僕はライトを守らされる。といっても、そこを守るのは僕だけじゃない。僕があまりに失敗ばかりして、飛んできたボールを取り逃がすものだから、同じ組の友達が僕のすぐ横に寄り添う。

「しょうがないなあ、マサオくん邪魔しないでよ」

その友達はそう言って、僕を少し後ろに下がらせる。僕はただ立っているだけでい い。ボールが飛んできても、彼が処理してくれる。僕は失敗という不安から解き放たれる。しかしそんなとき孤独になる。

サッカー野球をしているのは僕以外の全員で、そこから僕は外されている。放り出された空き缶のように運動場でただひとりになる。目の前で行なわれているサッカー野球という遊びと突っ立っている僕との間に線が一本引かれ、ガラスのような透明な壁に隔てられる。


アオ。

彼は僕の前から姿を消していた。以前はことあるごとに視界の中へ現れて僕を不安にさせたのに、いつのまにかいなくなってしまった。もともと彼は僕のつくった幻覚のようなものなのだから、どこかへ引っ越したというわけではないのだろう。しかし、突然いなくなるのはどういう理由なのだろうか。

以前、頻繁に現れていたとき、接着剤で固められていないほうの瞳で僕のことをじっと見ていたのを思い出す。悲しんでくれたのはアオだけだった。そして僕が屈辱を感じるとき、狂おしいほどに怒りを露《あらわ》にしたのも、教室の友人ではなく、彼だった。

アオがいなくなったのは、僕の中から怒りや悲しみといったものが薄らぎ、先生の作った法則の中に組みこまれて感情の少ない部品となったことと関係あるのだろうか。僕はいつどんなときでも周囲に羽田先生がいないかどうかを確認していたが、ときにはアオの姿を探すこともあった。しかし彼はどこにもおらず、青色の顔と拘束服を着せられた上半身はどこにも見えないのだ。

そのことが僕には悪いことのように思えてならなかった。何か心の中の重要な一部分が破壊されてしまった気がする。アオのいなくなったことが、そのうちにおとずれる恐ろしいことの予兆でなければいい。そう感じていた。

第二章

1

七月に入ると教室の中はいよいよ蒸し暑くなる。授業中、外から聞こえてくる蝉の声が耳から離れない。たまに恐ろしく窓から近い場所でアブラゼミが鳴き始めることがあって、そのときはあまりのうるささに、教室にいたみんなはいっせいに驚いた。

体育でプールの授業がはじまった。それまでは運動場や体育館での運動ばかりで、僕はそういったことが苦手だった。したがって、体育の時間に失敗をして恥をかくことも多かった。

しかし、体育で水泳をやることになり、僕は恥をかくことから逃れられると思っていた。なぜなら、小学二年生のころから約一年間、僕はスイミングスクールに通っていたため、人並みに泳ぐことができたからだ。僕が運動の中で人並みにできることといったらほとんどなく、水の中で沈まずに泳ぐということだけだった。

特に背泳が得意で、クラスのうちだれもできる子などいなかった中、僕だけが五十メートルも泳ぐことができた。だから体育で水泳をやる時期になってうれしかった。

最初のプールの時間。準備体操の後、僕たちはシャワーで体をぬらし、プールの縁で手足や胸に水をかける。すぐに飛びこんでは心臓が麻痺《まひ》すると、いつも先生たちはおどしていた。

それからようやくプールに入る。プールサイドは太陽の激しい熱のために足をつけていられないほどだった。水着になっていた僕たちはほとんど自分たちが熱の塊であるように感じて、考えることもできないほど頭の中まで暑かった。ただ立っているだけでも、あるいは座っているだけでも、全身の肌から汗の粒が浮き出て、しだいにそれが大きさを増し、別の粒とくっついて、体中を流れていく。そのような状況の中、プールの水に入ると、救われるような心地になる。

足先から腰、胸と水中に入る。冷たい水が全身を冷やして、最初のうちは寒いくらいに感じる。でも、一分間もたたないうちに水の温度が心地よく感じはじめる。

十分ほど羽田先生は僕たちを水中で自由にさせていたが、やがて笛を吹いてみんなをプールから上げた。羽田先生は競泳用の水着を着て、上にはTシャツを身につけていた。

まず、二十五メートルを泳ぐことになった。プールは全部で七コースまであったから、それぞれのコースへ四、五人ずつに分かれる。無理に飛びこまなくていいということだったため、水中に入り壁を蹴って泳ぎ始める。

羽田先生はそのときも僕のほうばかり見ていた気がした。七月になっても僕の置かれた状況というのはまったく変わっていなかったのだ。常に失敗を期待する視線が僕に向けられているのを感じ、それを恐れて不安に思いながら過ごしていた。

慣れるということはなかった。自分が失敗ばかりするのは当たり前だとあきらめて、楽な気持ちになることはできた。でも、何か発言したり、人に声をかけられたりする瞬間の息が詰まる緊張感は決して拭えなかった。

でも、先生の前で水泳をやるとき、逆にその視線が良い方向に働いてくれるんじゃないかとひそかに期待していたのだ。僕は人並みに水泳ができる。それを見て、先生は僕のことを見直すかもしれない。それで僕のことが好きになってくれるとは考えないけど、僕が何もできない子供だという認識を改めてくれるんじゃないかと思ったのだ。

小学校のプールは、端から端までの長さがちょうど二十五メートルあった。クロールで反対側の壁をタッチして泳ぎ終え、僕は先生のほうを振りかえった。先生は少し意外そうな顔をしていた。僕はこれまでの体育でまったく人並みに運動ができたためしがなかったから、きっと水泳も同じようにできないだろうと先生は思いこんでいたのだと思う。そして、僕はそれを裏切ってみせたのだ。少しいい気持ちになった。

「マサオくんは水泳が得意なんだね」

水泳の授業が終わり、プールサイドにみんなを座らせた先生は、唐突にそう言った。

「でもね、水泳が得意だからって、それを鼻にかけていてはいけないと思うよ。マサオくんは泳ぎ終わったとき、うまく泳げない子のことを笑っていたよね。そういうことをしていてはいけないよ」

僕がだれかを笑ったことなんて一度もなかった。でも、そういった先生の言葉に対して、立ちあがってそれは嘘ですなんて言えなかった。僕はただ驚いて、混乱してしまった。先生が何か間違ったことを言うはずがないのだ。僕は自分が気づかないうちに、先生の言うようなことをしていたのかもしれないと思った。

みんなが僕に白い目を向けた。それらの視線から逃げ出したかったけど、僕はどうすることもできなかった。

その日の帰り道のことだ。通学路のうちで周囲をたんぼに囲まれた場所には日陰のできるようなところはなかったから、日差しが強くなる季節はほとんど砂漠の中を歩いているような気分だった。家と学校の間は歩いて三十分ほど離れていたが、その間に制服の背中の部分はちょうど四角い形に汗で濡れる。背負っているランドセルと背中が接している部分だけ、汗でそうなる。特に男子のランドセルは黒いから、光を吸収して、そのうちに火がつくんじゃないかと思うほど熱くなる。

周囲には何もないから、僕の家がある建物の寄り集まった集落までその距離がはっきりとわかる。だから、その遠さと、自分の歩幅の小ささとを見比べて、上空から降ってくる高温の光の中、暗澹《あんたん》とした気持ちで歩かされる。

そうやって歩いているとき、いろんなことを考えさせられる。以前ならたいてい、ミチオといっしょに下校していたから、ひとりで歩くことはあまりなかった。でも、いつのまにかミチオは僕と離れて歩くようになっていた。だから最近ではいつも僕だけで通学路を歩いた。

その日、プールの授業であったことを思い出していた。僕はいい気分で体育の授業を終えることができると思いこんでいた。水泳は得意だから、先生に悪いところを指摘されることなどないだろうと考えていたからだ。でも、そうはならなかった。

僕は先生の言うように、泳げない人のことを笑っていただろうか。表面では笑っていないと思う。でも、心の中で優越を感じていたのではないだろうか。そう思うと、先生の指摘したことは当たっている。しかし、納得できないのだ。

七月の後半から夏休みに入る。僕は教室でのルールを受け入れたまま、一学期を過ごし終えようとしていた。

まるで人形だった。教室で、先生の言われるまま叱られる、何の権利もない、ただの人形だ。僕は人間の形をして、みんなと同じように子供の格好をしている。

少なくとも家では依然として家族からは人間らしい扱いをしてもらっている。

しかし、学校が近づき、校門を抜けて教室に入ると、いつのまにかただそこにいてみんなの不満をぶつけられるだけの存在へと変身する。

その変化は見た目にははっきりとわからないのだ。例えば、みんなから石をぶつけられたり、囲まれて殴られたりというようなことはなかった。ただみんなが心の中で、「悪いのはマサオくん」、「自分よりマサオくんのほうが劣っている」、「マサオくんがかわりに叱られるはずだから大丈夫」という言葉をつぶやいている。それは耳には聞こえない。でも、確かにそうなのだ。僕とはほとんど血の通う言葉を交わさないということが、何より僕が最下層であることを語っている。

僕はいったい、どうなってしまうのだろう？

教室で時々、すべての感覚の鈍くなる瞬間があった。先生やみんなに笑われたとき、僕は羞恥に包まれているのだけど、心のどこかがそんな自分の状況から逃げ出して、はるか彼方へ飛んでしまったようになる。そしてそこから、みんなに笑われている自分を見る。テレビで幽体離脱ということについてだれかが言っていた。まるでそうなったように、僕は笑われている自分自身を、まるで他人事《ひとごと》のように感じるのだ。それがいったいなんなのかよくわからない。

もしくはその瞬間、先生の作った法則が完成しているのかもしれない。つまり、僕は完璧に自分というものを忘れて、みんなの不満を受け入れるだけの人形となっているのかもしれない。

それを考えたとき、背中に、緊張のため吹き出た汗が伝うのを感じる。全身を太陽の光が打ちぬき、暑さのためにわきや首筋に汗が吹き出ている中、背中の汗はそれらと種類のことなる恐怖や不安といったものからきたものだということに僕は気づいていた。

「お兄ちゃーん!」

突然、後ろから声をかけられた。振りかえると、弟のノブが五十メートルほど離れた場所から手をふっていた。帰る家がいっしょであるため、時々、下校途中で合流することがあった。その場合、ノブは元気に手をふりながら僕へ近づいてくる。

その日、ノブはひとりではなかった。僕に気づいて近づいてくる彼の後ろに、小さな男の子と、そしてノブより頭三つ分も高い男子がいた。

ノブのいる三年生のクラスには、ハヤトという男の子がいる。そして彼は、実を言うとミチオの弟でもある。僕とミチオが仲の良かったこともあり、ノブとハヤトもよくいっしょに遊んでいた。僕たちの家は学校から見て同じ方角にあり、それは、友人としての親密さに重大な影響をもたらす。登校や下校がいっしょになるため、家の方角が逆だという生徒よりもはるかに話をする時間が増えるからだ。だから、二つの家の兄弟四人は、よく顔を合わせていた。

ノブといっしょにいたのは、ハヤトと、そしてミチオだった。

羽田先生の作ったクラスのルールは、学校の外には持ち出されないというのが暗黙の了解になっていた。それだからみんなは両親に話をしなかった。

なぜ、秘密にしておかなくてはならないことだとみんなは思ったのだろう。先生がそう宣言したわけではない。みんな申し合わせたように、学校の外では口をつぐんでいた。もしかするとそれは、僕のことなど取るに足らないことだという意識があったのかもしれない。別に、いじめられて血を流したわけではないのだから、他のだれかに言うというほどではなかったのかもしれない。

だから僕とミチオは、学校の外にいる今、以前のように笑って話し合えるはずだった。僕が叱られてばかりいるから、ミチオはすっかり僕から遠ざかっていた。それは、ある日、突然にそうなったのではなく、いつのまにか気づかないうちに疎遠になっていた。

ノブとハヤトが僕に向かって走ってきたので、ミチオもそれにつられて近づいてきた。合流して、しかし僕たちはだまりこんでしまった。

ノブとハヤトが、僕の顔を見て、楽しそうに何かを話しかけてくる。テレビで毎週やっていたアニメ番組が最終回になったので、来週からどんな番組をやるのだろうかという話だった。ハヤトは終わってしまったその番組が好きだったらしく、もうテレビではやらないということを信じたくないようだった。そこで僕は、新聞紙のテレビ欄に書かれている、『(終)』というマークについて話して聞かせた。最終回のマークがタイトルの後につけられていると、それはその回で終わってしまうという法則だ。しかしハヤトは新聞など見たことがないそうで、好きなアニメの番組のスケジュールはすべて頭の中に入っているという。

僕はそういった話題に対して、わざと明るく話をした。いつも家では、おもしろい兄としてノブに話をしていた。

しかし、ノブとハヤトが二人だけのおしゃべりをはじめると、急に僕とミチオは気まずい沈黙の中に放り出された。僕がいつもより明るい声で何かを言わなければならないという気もした。ミチオが何か言い出してくれないかとも感じていた。

しかし、言葉は出なかった。話しかけようとすると、教室での自分のことが頭の中で蘇るのだ。それはみんなに失敗を笑われている瞬間の映像ではなかった。もっと根本的な、僕の置かれている最下層という立場が、僕の意識の中で立ちあがる。自分が奴隷のように思えて、僕なんかが話しかけていいのだろうかという卑屈なことを感じ、言葉を交わすのを躊躇《ためら》ってしまう。そういった考え方は運動服に染みついた染みのように、僕の頭の奥底にいつのまにかすっかり刷りこまれていた。それはミチオのほうも、同じだったのかもしれない。だから容易に話ができなかった。

僕たちは学校内において、おかしく笑い合うような仲ではなくなっていた。僕は人間ではないのだから。例えば、その日にあったいやなできごとを、道端に転がっている石へぶつけて解消する人がいる。思いっきり蹴飛ばして、不満を忘れるのだ。僕はいわばその石ころなのだ。そういったものに対して、自分から話しかけ、愉快に笑い合うという人はいない。だからミチオと僕は学校内でほとんど内容のある話をしなかった。

それは学校の外へも影響を与えていたらしい。学校内のできごとをひきずるように、僕たちは今日、偶然に合流してしまうまで、いっしょに外を歩くことなどしなくなっていた。

僕たち四人は汗をにじませながら家に向かって歩いた。前方をノブとハヤトが、その後ろを黙りこくった僕とミチオが歩いた。前を歩く二人は、後ろの兄たちがお互いに話をしていないなどとは気づいておらず、幼い笑い声をあげていた。僕とミチオは同じ速度で歩き、前方の二人を眺めているだけで、奇妙な沈黙は居心地が悪かった。僕はそのことでミチオに申訳なく思っていた。

おかしそうに話をしているノブとハヤトを見ているうちに、僕は不思議な気分になった。彼らの笑顔は、世界がすべて明るい光に包まれているということを信じて疑っていない。

ほんの少し前は、僕とミチオもそんな顔をしてばかな話をしながら歩いていたはずである。ファミコンで発売されたゲームに、スーパーマリオブラザーズというのがある。そのゲームでは、ステージの最後に立てられた旗に飛びつかまると、ステージのクリアとなる。しかし、ミチオがある日、こんなことを言い出した。

「3—3のラスト直前にシーソーがあるじゃない。それを一番上まで持って行ってからうまくジャンプすれば、旗を飛び越えられるんだって」

その話を、何かのゲーム雑誌で読んだのだそうだ。それが実際にできることなのかわからない。旗を飛び越えて、その先に何があるのか、友達の間で見た者なんていなかったからだ。

「そんなことできるはずないよ」

「ホントだって」

僕たちは真剣にそんな話をしながら学校から家までの通学路をゆっくり歩いていた

のだ。前を歩いている二人を見ながら、そんなことを思い出した。

そして唐突に、僕は呼吸ができなくなった。頭が割れるように苦しく、それは何かの発作のように僕を襲った。胸の奥に何か火のつくおそれのある液体が静かにたまっていて、それに気づいていなかったのだけど、つい今の瞬間に火がついたという感じだった。僕は自分の胸をつかみ、前かがみになった。

異変に、ミチオが気づいた。

「どうしたの？」

僕はその問いに答えられなかった。両目の涙腺が壊れてしまったように、涙が流れつづけていて、それを三人に見られたくなかった。だから、僕は何も言わずに走り出した。きっと三人はそんな僕を不審そうに見ていたと思う。追いかけられることを恐れたが、だれも僕を追ってこなかった。

僕は走るのが得意じゃない。だからすぐに息があがった。でもそのころにはたんぼだらけで周囲に何もないという道を抜けていた。両側に植木があり、民家が立ち並んでいる。どの家もたんぼや畑を持っているので、農機具を入れておくための納屋がある。

地面を見ながら歩いた。そして考えた。

先生は間違っているんだ。こんなことがあっていいはずない。どうして僕はそのことに気づかなかったんだろう。これまで、考えもしなかった。それとも、心の奥で薄々感じていたのかもしれない。でも、はっきりとそう思うことはしなかった。

お母さんが新聞に書かれていた記事を読んで、こうつぶやいていたのを覚えている。

「世の中には悪い先生もいるのね」

その記事は、小学校の先生が生徒にいたずらをして警察に逮捕されたというものだった。でも、そんなことはまったく別の世界のことで、普通、身近に起こったりはしない。僕もミチオも、クラスの他のみんなも、羽田先生が何か間違ったことを言うだなんて思いも寄らないのだ。先生が言うことはいつも正しくて、叱られるのは悪いことをしたからに決まっているのだ。

でも……。僕は顔を両手で覆って首を横にふった。ただ、恐ろしく悲しかった。僕に笑いながら話しかけてくるノブや、姉、お母さんのことを思い出した。そしてミチオとプラモデルの色を塗ったこと……。

胸の奥を何か細い刃物が貫いたような痛みを感じる。

どうしてこんなにも苦しいのだろう。僕はどうしてしまったのだろう。呼吸をしようにも、あまりに嗚咽《おえつ》がひどくて、まともに息ができない。

なんてみじめなのだろう。羽田先生は僕を、どうしてしまうつもりなのだろう。僕ばかり見張って、いつも叱る。だれかにそのことを訴えたとしても、僕が何か悪いことをしたからにちがいないと受け取られるかもしれない。先生が生徒を叱るなんて普通のことなのだ。

でも、もういやだ。みんなの視線に怯《おび》えて過ごすことから逃れたい。僕は自分のことを、何もできないできそこないのように感じている。実際にそうかもしれない。サッカー野球でボールを遠くに蹴飛ばすこともできない。足はクラスで一番、遅い。だけど、僕もみんなと同じように扱ってほしい。ただそれだけを心の底から望むことさえ、僕にはできないのだろうか。

自分の家に辿り着き、玄関を抜ける。いつもならただいまとあいさつをするけど、今日は何も言わず、静かに階段を上がり自分の部屋に飛びこんだ。ランドセルをおろし、熱のこもった部屋の窓を開け放つ。

学校で何かひどいことを言われても、僕はそれを抵抗なく受け入れるようになっていた。それはなんて恐ろしいことだろう。今、はじめてその恐怖を知る。先生の言ったことが世界の摂理だと思いこみ、僕やみんなはそれにしたがっていた。生徒の中に階層があって、僕はその一番下にいる。そして何もかも悪いことは押しつけられている。

でも、それはちがうのだ。階層だなんて、そんなものがあっていいはずない。先生を含めたクラス全員の不満を押しつけられる役目なんて、存在してはいけないのだ。それに気づいて疑問を持つまで、どうしてこんなに時間がかかったのかわからない。心臓が弾けそうなほど苦しかった。

僕のすぐ後ろから、唐突に子供の声がした。

それは、話すことができるようになった赤ちゃんが、唇を中途半端に開けて出した意味のない声のようだった。

振りかえると、僕の真後ろに、肌の青い恐ろしい形相をした子供がいて口を開けていた。アオだった。

ひさしぶりに彼を見た。長い間、僕の前から姿を消しており、もう二度と現れないのではないかと思っていた。しかしいざ目の前にすると、あいかわらず姿が恐ろしくて恐かったのだけど、その反面、ずっとそばにいたような親しみすらあるのだ。

彼の唇を繋ぎとめている紐がほんの少しだけゆるんでいた。アオは頬を膨らませて紐の隙間から空気を押しだし、意味のないうめき声を出していた。意外なほどに幼く、ずっと年下の子供が出すような声だった。しかし接着剤で固められていないほうの目には狂気が宿り、黒いどろどろした眼差しで世界中をにらみすえていた。

アオが視線を僕に向けたまま、首を思いきりかしげて、拘束服に包まれる小さな肩で頭の側面を掻いた。耳の殺ぎ落とされたほうの側頭部だった。つるりとした青い肌に傷跡があり、そこが痒《かゆ》かったのだろう。

「きみは……、僕なの？」

そう、アオに問いかけてみる。話しかけるのははじめてだった。それまで視界に現れても、絶対に関わろうとはしなかった。目をそむけたいとすら考えていたのだ。

アオは僕の問いに、うなずいた。

彼がただの幻覚にちがいないのはわかっていた。問題は、それを見る僕のほうだ。僕に何も問題がなければ、きっとアオなんて見えないはずなのだ。

自分の心の奥底に小さな部屋があるのだろう。そこに子供が住んでいて、ふらりとさまよい出てきては、僕の視界に現れる。アオ。それが彼の正体なのだと、いつからかそう考えるようになっていた。

「あー、あー……！」

アオはしばらくそう叫び声をあげていた。騒がしかったけど、彼の声がだれかに聞こえるはずがなかった。目は憎しみと憤りのため小刻みに震えていた。

やがて彼はするりとベッドの下に入って出てこなくなった。僕はおそるおそるしゃがんでその奥を見たが、埃のつもった床があるだけで、アオは消えていた。そもそも、子供の入れるような大きな隙間ではなかった。

少なくともそのとき、僕はアオについて何も危険なことはないと思いこんでいた。ただの幻覚。見た瞬間に恐怖や気持ち悪さを感じるけれど、害はきっと及ぼさないはず。

でもそれが間違いなのだということを、次の日に知った。

2

これまでの人生の中でだれかに対して怒ったり、殴ったりすることがあっただろうか。思い返してみるが、たぶんなかったと思う。それとも、ないと思いこんでいるだけで、本当はあるのかもしれない。でも、気弱なこの僕がそういった乱暴なことをするようには思えない。

ずっと昔の、物心がついていない小さかったころはだれかに乱暴することはあったかもしれない。むき出しの感情で人に接していただろう。でも、世界の持っている、自分にはどうすることもできない恐ろしさなどが見えてくるにつれて、僕は物事がわかり謙虚になったのだ。

僕の通っていた小学校では、すべての授業が終わった後、帰りのホームルームという時間がある。そこで担任の先生が明日の連絡や、今日あった反省すべき点などについて短く話をする。それが終わると、ようやく生徒は解放されるのだ。

僕はもともと学校がそれほど好きというわけではなかった。それが五年生になると、今のような状況に立たされて、学校が地獄のように思えていた。朝になって登校しなくてはいけない時間が近づくと吐き気や頭痛がする。それでも通いつづけなくてはいけなかった。登校拒否をすると、きっと家族が僕のことで気を揉む。そうやって無理やり学校に来る僕は、帰りのホームルームがすんで解放されるのがいつもうれしかった。

その日、帰りのホームルームの時間に、羽田先生は僕のやった失敗などについて何も話をしなかった。時間がなくて、早く帰りたかったのかもしれない。とにかく、僕は恥をかかずにすんだという安堵の気持ちのまま、ランドセルを背負って下駄箱へ向かっていた。

「マサオくん」

一階の廊下で、北山くんが僕を呼びとめた。彼は背が低く、肌が健康的に焼けている。いつも楽しい話でみんなを笑わせて、クラスを盛り上げるような子だった。

「ちょっとさ、手伝ってほしいことがあるんだけど」

「何を手伝えばいいの……?」

僕がそうたずねると、彼は「いいからいいから」と笑いながら僕を校舎の裏口へ連れていった。そこを抜けると、校舎に隣接して建てられた体育館との間にある細い道へ出る。

そこに三田くんが立っていた。彼は北山くんと仲がいい。体が大きくて、少年野球ではレギュラーとして活躍していた。彼は暇をもてあますように、人差し指に引っ掛けた輪ゴムをまわして遊んでいた。普通の小さな輪ゴムではない。平たくて、手のひらほどもある大きなものだ。

北山くんと三田くんの二人が、僕を校舎の裏手につれていった。その時点で僕はひどく悪い予感がしていたけど、抗《あらが》うことができなかった。

「……手伝ってほしいことって？」

北山くんの話はきっと嘘なのだろうと思っていたけど、僕はどういう心理状態から何度もそう聞いた。しかも、弱々しく笑っていた。

校舎の裏側は人気《ひとけ》もなく、寂しかった。一日中、太陽が当たらない、日陰の空間なのだ。目に映るものは、冷たい校舎のコンクリートと、地面に生えたささやかな雑草だけである。

「おまえさ、臭いんだよ」

北山くんが吐き捨てるように言った。僕はあまりに突然のことで、戸惑った。どうすればいいのかわからなくて、途方にくれた。

「もう学校に来るな。消えちまえ」

三田くんはそう言うと、持っていた大きな輪ゴムを思いきり伸ばして、パチンと僕の腕に当てた。

「ちょっと、やめてよ……」

僕は彼から遠ざかろうとした。三田くんはそんな僕の様子がおかしかったのか、北山くんと笑顔をかわして、再度、ゴムを僕の腕に当てた。輪ゴムは耐えられないほど痛いというわけではなかった。でも、そうされてからかわれているのだということがたまらなくいやだった。

それでも僕は何も言えず、校舎裏の壁に背中のランドセルを押しつけて顔を下に向けることしかできなかった。二人の笑い声と視線が恐ろしかった。そして、恥ずかしかった。自分の顔が真っ赤になっているのがわかる。きっと世界中を探しても、僕ほどの醜い生き物はいないんじゃないかと思った。

北山くんが僕の腕をつねった。僕の真っ白な肌に、くっきりと赤い跡がつく。まるでおもちのような自分の白い肌が恥ずかしかった。二人の肌は日に焼けた健康的な色なのだ。

三田くんは、制服から伸びている僕の手や足の皮膚がやわらかいところを輪ゴムでひっぱたいて笑っていたが、やがてそれに飽きてしまったようだった。かわりに北山くんが地面の砂を両手でかき集めて僕の頭からふりかけた。砂は乾燥しており、頭から滑り落ちて汗に濡れる首筋へべっとりと貼りついた。

不公平だと思った。

僕だけが何もかも押しつけられる。羽田先生に叱られるのはいつも僕なのだ。でもみんなはそういったことに対する不安を知らずに笑い合いながら生活している。それが幸福そうに見えてしかたがない。それなのに、どうしてそれ以上のものを望むのだろう。どうして僕を「臭い」と言うのだろう。それが理不尽だった。

だれか、救ってほしい。僕は切実にそう願った。

目に涙がたまっていき、視界が滲み出した。それを見た二人はわっと盛り上がって喜んだ。

アオ。

アオが二人の後ろに立っていた。それまでいなかったはずの彼。空気がふっと形を持ったように、いつのまにかいた。

僕の前に並んで立っている北山くんと三田くんの間を通り抜け、アオはよろよろと僕に近寄ってきた。彼の顔は憎しみのためにひきつり、青色の肌に幾本もの深いしわができていた。

僕の幻覚なのだから当然のことだけど、二人には彼が見えず、お互いの狭い隙間を器用にアオが通り抜けたことなど気づいていなかった。むしろ二人は、僕の顔を見て首をかしげていた。

そのときの僕がどんな表情をしていたのかよくわからない。おそらく僕は、近づいてくるアオを恐怖の眼差しで見ていたにちがいない。だから二人には、何もない空中に視線を向けたまま凍りついている僕が不思議だったのだろう。

アオは、僕の鼻先に顔を近づけた。幻覚のひとつにちがいないが、僕はアオの体からおぞましい腐った臭いを感じた。彼の唇はそれまで、紐に固定されてほとんど話せないような状態だった。しかし、僕の目の前でそれがするすると解けていった。驚いたことに彼の口を閉ざしていたのはどうやら靴紐のようだった。

「マサオ……?」

三田くんが僕を呼んだ。しかし僕は、唇の紐が解けて口を開けたアオの顔を見たまま視線をはずすことができなかった。彼の口は何者かによって刃物で切り広げられていた。唇の端からこめかみまで、皮膚が切断されている。そのため、紐が外れて顎《あご》を開けると、ほとんど蛇が口を開けたように見えるのだ。

「あー……」アオが声を出した。「……マサオ……」それは幼い子供の声だった。そして彼は大きく口を開けて笑った。青い色の顔とは対照的に、口の中にある舌は目が痛くなるほどの赤色だった。

……それから後のことを、僕はよく覚えていない。

気づくと弱々しい足取りでいつもの通学路を歩いており、周囲にはたんぼしか見当たらなかった。どうやって二人から逃れたのか、アオがどうなったのか、よくわからなかった。

家に辿り着き、自分の部屋に入っても、しばらくは頭の中に霧が立ちこめたような気分だった。もしかするとすべて夢だったのではないだろうかとさえ感じた。しかし首筋を触ってみると、ざらざらとした砂が付着している。それは間違いなく、北山くんが僕の頭にふりかけたものだった。

やけに体中が痛かった。手足にいつのまにか痣《あざ》ができている。そして、なぜか顎の調子がおかしいのだ。口の中におかしな味やざらつきがある。

次の日、学校へ行くと、僕は羽田先生に呼び出された。

「マサオくん、きみは、北山くんや三田くんと喧嘩をしたそうだね」

僕は耳を疑った。先生の話では、昨日の放課後、顔を青ざめさせて二人が保健室に走ってきたのだという。それぞれの手足や顔には、数ヶ所ずつ、はっきりとした歯型があり、血が流れていたという。

「……昨日、二人にいじめられそうになったんです。でも……」

何があったのか、僕にもよくわからない。しかし先生は、僕が二人に対抗するため嚙みついて逃げたのだと理解しているようだった。

「このことは親にも知らせないでおく」

羽田先生はそう言った。それには、先生の作ったルールなどを外に知られないで物事を小さくおさめようという考えがあるように思えた。

先生は職員室の壁にかけられたシンプルな丸い時計を見る。

「もうすぐ朝のホームルームがはじまる。時間がない。詳しい理由は後で聞くからな。いいな」

羽田先生は僕をにらみつけた。

教室へ行く前に、僕は校舎の裏へ行ってみた。昨日の場所へ立ち、何があったのかを思い出そうとする。

僕は……。

それまでぼんやりしていた様々なことが、頭の中で明確になっていく。

僕は……、まず北山くんの手に嚙みついた。なぜ嚙みつくことしかできなかったのか。それは、手が動かせなかったからだ。まるで何かで縛り付けられたように、僕は腕を胸の前に持っていった状態から動かせなかった。それはちょうど、拘束服を着ているように……。

ひるんだ北山くんを足で蹴りつけ、三田くんの鼻に僕は前歯を食いこませる。もちろん食いちぎるつもりだった。

胸の内側に恐ろしい憎しみがあった。神様を冒瀆《ぼうとく》して、世界中を恨んでいた。全身が炎に包まれ、狂うような恐怖と悲しみ、そして憤りの塊になっていた。

アオが、みんなを襲っていたのだ。彼が、僕の体を乗っ取っていた。

恐ろしかった。しかし、このことをどうやって他人に話せばいいのかわからなかった。北山くんと三田くんにけがをさせたのは僕ではないのだと、そう言いきることができない。

アオは僕の胸の奥に住んでいる少年なのだ。だから、二人に嚙みついたのは僕なのかもしれない。

アオに対する恐怖心が僕の中で膨れ上がる。しかしその一方で、彼が、あの状況の中で僕を救ってくれたのだということも理解していた。

教室へ行くと、二人は欠席していた。他のクラスメイトたちは、彼らの身に起こったことを知らないでいた。それも先生がわざと教えなかったのかもしれない。僕が二人の力に対して反抗したということは、先生の作ったルールを壊しかねないことなのだ。だから、みんなは詳しいことを聞かされずに、僕はそれまで通り最下層の子供として蔑《さげす》みと嘲笑の対象となる。

羽田先生が、いつ僕を呼びとめて昨日の詳しいできごとをたずねるのかと、不安な気持ちで一日を過ごした。もしそうなった場合、どうやって弁解すればいいのかわからない。いや、おそらく弁解などまったく無駄なのだろう。

「マサオくん、職員室へ来なさい」

好青年らしいはっきりとした羽田先生の声が僕を呼びとめたのは、放課後のことだった。

職員室にある先生の机というのは、本や鉛筆立てといったもので占められている。僕たち生徒の机の上には、何も置いていてはいけないのに、先生たちの机の上には、様々なものが置いてある。

羽田先生の机は、几帳面に整頓されていた。ブックエンドにはさまれて並んでいる本はほとんど教科書だったが、中に数冊、サッカーに関係した本が混じっている。灰色の合成革がはられた椅子をきしませながら、羽田先生は僕を見た。

「昨日、北山くんと三田くんがきみを校舎裏に呼び出して……」それから言葉を選ぶように、一瞬の間をあけた。「……つまりひどいことをしたんだね？」

僕はうなずいた。

「……いじめられるところだったんです」

先生を前にして何かを言うのはひどく緊張することだった。羽田先生ははっとしたように僕を見ると、冗談を聞いたように明るい顔をした。

「ばかだな、うちのクラスにいじめなんてあるわけがないだろう？　他の先生方に聞かれたらどうする？」羽田先生は周囲を気にしながら僕に顔を近づけ、小声で言った。

「二人がおまえにひどいことをしたのは、おまえが悪いからだ。何もしていないのに、ひどいことをされるはずないじゃないか」

少し前の僕なら、その言葉を受けとめて、何もかもをあきらめていただろう。でも、そうするにはいろいろなことを考えすぎていた。

「でも、先生……、僕は何も悪いことをしていません。いつも先生に叱られているけど、僕は、自分がそれほどひどい失敗をしているようには思えないんです」

それだけを言うのに、どんなに恐ろしかっただろう。足が震えて、逃げ出したくなる。羽田先生の僕を見る視線、呼吸、全部がいっせいに僕へ襲いかかってくるようだった。

羽田先生は恐い顔でにらんだ。困った子を見るような顔だった。

「あきれた！」

羽田先生は肩をすくめてそう言うと、他の先生たちに覚られないよう穏やかな動作で僕の手を引っ張り、職員室から連れ出した。

今度は理科室ではなく、家庭科室に連れていかれた。教室内には六、七人が顔をつき合わせることのできる大きな机が並んでいる。それぞれにガスコンロや流しが付属されていた。家庭科の時間、そこで味噌汁や魚のソテーを作ったことがある。僕は料理なんてほとんどしたことがなかったけど、家庭科の薄い教科書の通りに作ると、それなりのものができた。

「おまえ、まだそんなこと言ってんのか!? おまえはクズなんだよ!」

羽田先生はそう叫びながら僕を殴りつけた。僕はあまりにびっくりして、頭が白くなった。頬の痛みは、最初、ほとんど感じなかった。むしろ、殴られたことよりも、大きな声で罵《のの》しられたことのほうが僕の体を凍りつかせ、身動きできなくした。しばらくして、頬が熱を持ったようにじんじんとしてきた。

先生が僕の首すじをつかんで、机に押しつけた。息ができなかった。僕は片方の頬を机につけたまま、目で先生を見上げた。先生は僕が憎くてしかたないという顔をしていた。

「おまえが黙っていればクラスは平和なんだよ!」

自分の身に起こっていることは、何か別の遠い場所で行なわれていることではないだろうか。そう思えた。

先生が制服を引っ張り、僕を床に転ばせた。僕は足が震えて立てなかった。先生は背が高く、下から見上げると天井と同じくらいの高さに顔があるようだった。僕のわき腹を、先生がつま先で蹴った。呼吸ができなくなり、体を折り曲げてうめく。

立ち上がるように先生が命令した。しかし僕は立てなかった。先生の舌打ちが聞こえる。

「家まで送ってやる。いいな、みんなには階段から落ちたと言うんだ」

そう言うと先生は、僕の腕を引っ張って無理矢理立たせた。

駐車場に置かれていた先生の自動車に、僕は乗りこまされた。黒い車体で、中に入ると新しい匂いがした。助手席の上にピンク色の座布団があり、その上に座らされた。

車が発進する。

「本当はこのあと人に会う約束をしていたんだ。それがおまえのために台無しになったんだぞ」

先生は約束を楽しみにしていたらしく、いらだった口調で言った。

途中、先生は車を止めて、公衆電話から電話をした。

会話が助手席にいた僕にもかすかに聞こえてくる。

「あのさ、ちょっと今日、遅くなるかもしれない」

電話に向かって話しかける先生の声は、それまでに聞いたことがないくらいやさしかった。先生は幾度か、女性の名前を口にした。電話の相手が女の人だということにすぐ気づいた。

「以前から問題のあった子がいてね、その子がまたトラブルを起こしたんだ。放っておけないだろ？　怒らないでくれよ、頼むからさ。オレ、他の先生たちから期待されているんだよ……」

先生は困ったような声で応答していた。

車が再発進し、僕の家に向かいはじめる。僕の体は震えていた。恐怖もあるにはあった。でも、僕の下唇や指先を小刻みに震わせるのは、それのためだけではなかった。まるで頭のすぐそばで爆竹が爆発したようなショックがあった。家庭科室で先生にされたひとつひとつのことが僕の心をすっかりぶちのめしていた。何も考えられない状態だった。泣けばいいのか、笑えばいいのか、判断できなかった。

「マサオくんが、階段で転んだみたいなんです」

玄関を開けて出てきたお母さんに、羽田先生はそう説明した。

「けがはないみたいです。でも、歩いて帰らせるのは危険かもしれないので……」

「まあ、それでわざわざ送ってくださったのですか」

お母さんは驚いて、感謝していた。羽田先生のことを、これまで僕の担任だった人の中で一番いい先生だと信じているのだ。

「あの、せっかくなのでお茶を飲んでいってください」

羽田先生は少し躊躇《ちゅうちょ》したが、断れずにお母さんの申し出を受けた。

家庭訪問のときと同じように、応接間で僕とお母さん、そして先生が顔をつき合わせることになった。以前と違うのは、僕の心の中だけだ。家庭訪問があったとき、まだ僕は先生に叱られたことがなかった。羽田先生はクラスの男子とサッカーの話で楽しく盛り上がる、明るくていい先生に思えていた。でも、今はちがう。

「マサオくんは、ちゃんと勉強してくれるので、ありがたいです。授業中に話を聞かない子が多いのですが、マサオくんは私のしゃべったことを聞いてくれます」

先生は、僕が教室でうまくやっていることなどを話した。もちろん、すべては嘘だった。しかし、学校でのことがお母さんにばれるのを僕は恐れていたので、黙っていた。

「ところで、マサオくんはおうちではいつもどんなことをしてらっしゃるのですか？」

　先生は興味深そうにお母さんへ質問した。

「いつもマンガを読んでばかりです。本当に、困ってしまいます」

　お母さんは笑いながら僕の頭を小突く真似をした。

「でも、学校であったことをよく話してくれますよ」

　お母さんがそう言うと、羽田先生は緊張したように居住まいを正した。

「例えば、どのようなことを……？」

　その場から逃げ出したいほど、僕と先生の間にはりつめた空気が流れていた。応接間は膨らませた風船のように危険なものを孕《はら》んでいたけど、お母さんはそれに気づかず、先生に笑顔を見せていた。

「だれもできない問題を解いて、先生にほめられたことや、友達とお昼休みに遊んだこと……、ほら、なんと言いましたっけ、サッカーなんとか……」

「サッカー野球ですか？」

「そうです。それをみんなでやって遊んだことなんかをよく話して聞かせてくれます」

僕は、お母さんに心配をかけたくないと思い、本当にあったことを話したことはなかった。だから、僕が教室で幸福だということを信じていた。

先生は、学校でのことがお母さんに伝わっていないことを知ると、ほっと息を吐き出した。

「あの……、そろそろおいとまさせていただきます」

先生が立ちあがると、お母さんは名残惜しそうな顔をした。

玄関先に出ると、すでに夕日は沈みかけ、町は薄暗くなっていた。家の前は雑木林になっており、少し離れたところに古い街灯がともっていた。

先生の自動車が遠ざかるのを、お母さんと並んで見送った。

「あ、この前、旅行で買ってきたお菓子をお渡しすればよかった！」

車が見えなくなると、お母さんは残念そうに言いながら家へ入っていった。

僕は地面に視線を落として、先生のことを思い返していた。これからも、ずっと僕はこのままなのだろうか。そう考えると、生きているのがつらくなる。

涙がぽろぽろと出てきた。止めようとしても、それは止まらなかった。

そのとき、少し離れた場所から声がした。

「……マサオ、こっちだ」

それは聞き覚えのある、幼い子供の声だった。

振りかえると、アオが街灯の明かりの真下に立っていた。あいかわらず拘束服を着せられて、ほとんど身動きできないようだったが、口の紐は完全に外れていた。

「おまえは抜け出さなくちゃいけない」

アオが言った。

「抜け出す?」

僕が問いかけると、アオは目を血走らせてうなずく。

「この状況からさ。でないと、一生、このままだ。おまえはあの先生が憎くてしかたないんだろう?」

「で、でも先生だよ」

憎くてしかたない、というアオの言葉に、僕は戸惑った。

「おまえは心の奥底にある暗い自分を知らないのさ」

アオは自信ありげに笑みを浮かべた。拷問《ごうもん》にあって両端を切り広げられたような口である。壮絶な笑顔だった。

先生を殺せ。
アオの、接着されていないほうの目が、そう言っていた。

3

僕はいつか決心しなくてはいけなかったのだ。でなければ、いつかつぶれて、動けなくなってしまう。先生が作り出した新しい歪んだルールに殺されてしまう。だから、僕はアオと手を組んだ。それが危険をともなうということは知っていた。校舎裏で北山くんと三田くんにひどいことをしたのは、あきらかに僕ではなく、アオだったのだ。アオを受け入れるということは、いつそういった暴力が暴走するかわからない状態になるということだと、僕は考えていた。

あの二人は校舎裏の事件から一日おいて登校してきたが、手や足、顔などに包帯が巻かれていた。みんなにそのけがはどうしたのかとたずねられていたが、僕の名前を出そうとはしなかった。それが、だれかに口止めされたことなのか、それとも二人で申し合わせてプライドを守るため秘密にしたことなのかはよくわからない。

「あの二人にしたことは、おまえが心で望んだことなのさ」

アオは嘲《あざけ》るように言った。

彼は僕の作り出した幻覚なのだ。だから、その言葉の意味はわかっている。

でも、これまでだれも傷つけたことがない僕にとっては、あれが自分の仕業ではなく、アオのやったことであると理解したほうが納得できるのだ。

僕は学校でほとんど話し相手もいなくなっていたから、言葉を交わす相手はアオだけだった。彼はいつも僕のそばに立っているというわけではない。いつもはどこにもいないし、あたりを探しても見当たらない。しかし勉強している最中や、だれにも話しかけられないで孤独を感じている休み時間、彼は暗闇からそっと抜け出すようにいつのまにか僕のそばに立っている。

アオは知り合ってみると残忍なやつだった。口汚い言葉をたくさん知っていたが、僕はそういうのが好きではなかった。しかし、彼が知っていることは、すべて僕の知っていることなのだ。どんなに嫌っていても、彼は僕なのだ。それが不思議な気持ちにさせる。

小学校の校舎のそばに、動物を飼っている小屋がある。そこには兎やチャボが飼育されていた。それらの入っている小屋の側面は金網でできており、外からそれらの生活を覗くことができる。また、小屋に接して金網で囲まれた広場があり、そこに動物たちを放し飼いにして運動させることもできた。

僕はある日、その小屋の前に立ってぼんやり動物を眺めていた。それが兎のものなのかチャボのものなのかよくわからないが、動物特有の臭いが鼻をつく。それが嫌いではなかった。少し湿っていて、兎やチャボの吸いこんだ空気が、小さな肺や鼻を通り抜けて外に出てきて、今度は僕が吸いこむ。その共有している空気の感触。去年、四年生のとき、僕たちはそれらの動物の世話をした。僕の通う小学校では、毎年、四年生が飼育をまかされて、小屋を掃除したり、餌をあげたりする。

「あいつらの眉間に釘を打って教室の壁に並べて飾ったら楽しいにちがいない」

アオが僕の横にいつのまにか立っており、小屋の中で並んで眠っている兎たちを見ながら言った。声はあいかわらず幼かったが、その言葉に僕は戸惑った。

「なんでそんなことを考えるの!?」

僕は声を荒らげて問いかけた。彼は僕を振りかえると、開いている片方の目を細めた。

「あいつらがあまりに臭いからだよ」

それから兎だけでなくチャボに関しても、腹を割いて内臓を取り出す様や、押しピンを体全体に突き刺す様、針で目を刳《く》り貫く場面を想像して語った。

僕は気持ち悪くなり、彼から目をそらした。

しかし、想像はしていても、彼自身が何か実行するということはなかった。アオは幻覚なのだ。僕がしっかりと自制しているうちは、校舎裏のときのように、彼がひどいことをするようなことはなかった。

やがて一学期最後の日がおとずれた。終業式では、全校生徒が体育館に集められて校長先生の話を聞かされる。それが終わり教室に戻ると、大掃除があり、ホームルームが行なわれる。

僕は大掃除の時間、教室の掃除を担当していた。机を教室の後ろに集め、前半分を拭き掃除する。その後で机を前に集め、今度はスペースの空いた後ろをぞうきんで拭く。

机を移動させる作業中、だれかの足につまずいて、僕は派手に転んだ。

倒れた机に押しつぶされた状態で、目の前にあるだれかの足を見た。上靴の目立つところに「にのみや」と油性のマジックで書かれていた。

「あ、ごめんなさいね」

彼女はそう言って笑い声をあげた。

「わざとじゃないわ。本当よ」

僕には、それが真実かどうかを確認する方法がない。でも、彼女や、まわりにいた者たちの愉快そうな顔を見て、彼女はわざと僕を転ばせたような気がしてならなかった。でも、そのことを追及すれば、僕は彼女の言葉を信じなかったということで、悪者扱いされるのだろう。

転んでいる僕を見て二ノ宮が笑い声をあげている。それがひどくこたえた。これまでみんなに笑われたり舌打ちされたりして、隣の席に座る彼女もそれに同調する気配を見せてはいた。それでも、二ノ宮は僕を指差して笑わないとどこかで思っていたし、笑われたくないと祈っていた。

二学期になっても、僕はこのままなのだろうか。ホームルームの時間、羽田先生から通信簿をもらいながら、僕はそう考えていた。

成績は、特に目立って悪いというわけではなかった。羽田先生は不正に僕の通信簿を悪くつけるだろうと当然のように考えていたので、これは意外だった。昨年の通信簿より極端に悪くしてしまったら、様子がおかしいとお母さんに覚られてしまう。そう考えたのかもしれない。

うちの小学校の通信簿には、生徒に対する評価を一言の短いコメントとして記入する欄がある。そこには、こう書かれていた。

『授業を熱心に聞いてくれるのでありがたいです』

ボールペンで書かれたその文章を見た瞬間、わけのわからない衝動にかられた。通信簿をぐちゃぐちゃに引き裂き、丸めて、炎の中へ投げこみたい。頭の、ちょうど眼球の裏側あたりに痛みが走る。怒りとも悲しみともわからない塊がそこにあった。それは熱く、心臓のように鼓動した。でも、僕はできるだけ目立たないように椅子へ座っているだけだった。たとえ泣き喚きたいときでも、羽田先生に目をつけられないよう、静かにしていること。それはいつのまにか身についていた習性だった。

「あいつを殺す決心はついたか？」

アオが、いつのまにか僕のそばにいて、そう言った。僕は彼に、そっとうなずき返した。

第四章

1

夏休みの朝はラジオ体操ではじまる。寒い冬の日と違い、朝から空が明るい。ラジオ体操の行なわれる広場には、近所に住んでいる小学生たちが集まる。もちろん、ミチオも来た。僕たちはあいかわらずぎこちない関係のまま、音楽にあわせて体を動かした。

「ラジオ体操などこの世界からなくなればいい」

アオが言った。

「天気のいい晴れた空も、健康的な体操も、この間抜けな音楽にあわせて手足を動かすやつらも、すべて腐れて炎に包まれてしまえばいい」

僕の目の前では下級生たちが並んで細い腕を振りまわしていた。ノブやハヤトもいて、ぎこちない動きで体操していた。

それらを見ながら、僕はアオの言葉に含まれていた憎悪を感じていた。

ラジオ体操から戻り、朝食をとると、貯めこんでいたお小遣いから千円札を抜き出して家を出た。お金が必要になるかどうかわからないけど、お昼ご飯はお菓子か何かを買って食べようと思っていた。

「どこへ行くの?」

玄関で靴を履いていると、お母さんがたずねた。

「友達のところ」

「ミチオくんの家?」

「わからない」

お母さんは気に留めた様子もなく、気をつけて行ってきなさいね、と声をかけた。車庫に入れていた自転車を取り出し、僕は目的地である隣町に向かってペダルを踏んだ。友達の家へ行くというのは嘘だった。僕は、羽田先生の住んでいるアパートを探すつもりだった。

先生の住所は、四月にもらった『五年生タイムズ』に掲載されていた。最初に僕たちへ配られた第一号のプリントである。「緊急時にはここへ連絡してください」と保護者に住所を伝えていたのだ。お母さんはほとんど羽田先生を崇拝していたから、昔の『五年生タイムズ』を保存していた。昨日の夜のうちにそれを探し出し、住所を確認していた。羽田先生は、隣町のどこかにあるアパートに住んでいた。

蟬の声を聞きながら自転車をこぐ。アスファルトは熱せられて陽炎《かげろう》をたて、少し自転車をこぐだけで汗がにじむ。強い日差しに焼かれて、そのうちに皮膚から煙が出るんじゃないかと思う。見えるものすべてが太陽の光を反射し、青く茂る木々の葉や田んぼの稲が内側から輝いているように見える。吸う空気は暖かい。木の作る影の中を自転車で通りすぎると、全身を包む空気がわずかに涼しくなり、心地よい気分になる。

隣町までは国道に沿っていけばいい。でも国道は車の通りが激しいから、平行して通っている裏道を選ぶ。

最初のうち、周囲はたんぼしかない見晴らしのいい道だった。大きな川にかかる古い橋を渡ったあたりから、急に高い建物が並びはじめる。家と家の間が狭まり、車の走る数も増える。僕の住んでいる地域のように家どうしの間が広いと、塀というものがない。家の間には畑や雑木林があるだけなのだ。でも、家が密集してくると、ブロック塀などで区切られる。まったく些細なことだけど、はじめてそのことに気づいた。

川を越えたところが隣町だった。人の運転する車に乗って隣町にくることはよくあった。でも、自転車で橋を渡ったのははじめてのことである。

隣町は僕の住んでいるところよりも栄えていた。電車が通っており、道路の幅も広い。

先生の住所が書かれている『五年生タイムズ』を取り出して、アパートのある場所をあらためて確認する。地名を見ても、そこが町のどのあたりにあるのか、まったく見当がつかなかった。

途中、コンビニエンスストアに入り、お菓子を買った。レジを打っている店員に勇気を出して声をかける。先生の住んでいるアパートが、そこから自転車を二十分ほどこいだところにあることを知った。

こんなに遠くへ自転車ででかけたことはなかった。だから、自転車をこいでいる最中、家に戻れるのかどうか不安でもあった。

「戻れなくてもいいだろう。このまま何もせずに戻るより、戻れなくなって一生、さまようほうがましさ」

聞き覚えのある幼い声が、自嘲気味に僕の耳元へささやく。

家を出て三時間後、僕は先生の住んでいるアパートを見つけた。

最初の日は、先生のアパートを遠くから眺めるだけだった。

外壁が茶色の煉瓦でできた三階建ての建物だった。同じ造りの建物が二棟あり、それぞれA棟、B棟とプレートが取りつけられている。二つの棟の間にはスペースがあり、そこが入居者の駐車場となっていた。車の通りが激しい道路沿いに建っており、歩いて五分もかからないところにコンビニエンスストアや食べ物屋が並んでいた。

先生の部屋はA棟の三階、一番端にあるらしい。『五年生タイムズ』に書かれている部屋の番号とアパートの窓の数から、そうあたりをつける。

駐車場に先生の黒い自動車があるかどうか探してみた。しかし、一度、乗ったことがあるだけだ。似たような車が数台あり、その中からひとつだけをこれが先生のものだとはっきり指し示すことはできなかった。

「これだ、間違いない」

アオは一台の車の前で宣言した。彼は車の特徴をしっかりと覚えているらしい。

車が駐車場にあるということは、部屋に先生がいるということだろう。

アパートの一階、道路に近いほうの壁に、銀色の郵便受けがあった。調べてみたが、先生あてには何も郵便物はなかった。郵便受けには名前が書かれておらず、番号の部屋に住んでいるのが羽田先生なのかどうか、少し不安になった。もしも引っ越しをしていたら、他人が住んでいることになる。

建物の裏手は公園になっていた。丸太を組んで作られた遊具があった。それは滑り台と恐竜が合体したような形である。その上によじのぼり、じっと先生の部屋の窓を見つづけた。周囲には背の高い木が植えられて、青い葉を空にのばしていたが、その隙間からちょうど窓を監視することができた。

丸太の恐竜の上は、ちょうど木の影になっていたため、日射病になるようなことはなかった。しかしずっとそこにいると、遊びにきていた他の小さな子や子供をつれた大人に、不審がられそうだった。念のため、一定時間ごとに別の場所へ移動した。

ブランコ、ベンチ、公園の様々なところから、運良く先生の部屋の窓は見えた。最初の一時間、窓にはただ厚いカーテンが見えるだけだった。しかし、やがてそれがゆれて開くと、外のまぶしさに目を細める男の人の顔が現れた。薄い白のTシャツを着て、髪の毛に寝癖がある。顎を掻いていた。それは羽田先生だった。

学校以外の場所で先生の顔を見るのははじめてだった。心臓が急激に速く打つのを感じた。僕が見ているのだということは知られていないはずなのに、こちらが見られている気がして、恐ろしくなった。僕は頭をかがめて、先生の行動に注目した。

先生は再び、窓とカーテンを閉めて奥へと消えた。

「こんなことをしていて何になる?」

数時間、先生の部屋の窓を監視しつづけた。その後でアオが言った。その間、先生は洗濯物や蒲団をベランダに干しただけである。

「早いところあいつを消さないといけない」

アオは僕を急《せ》かす。時間がたつと僕の決心が鈍るのではないか、そう彼は危惧《きぐ》していた。一学期の間にうけた苦しみが薄れ、平和ボケがはじまるのだそうだ。

そのとき、窓に女の人が現れた。僕は窓の見えるほうにばかりいたから、建物の反対側にある玄関をだれかが通って部屋へ入っていたのだということに気づかなかった。

女の人と先生の姿が時折、窓に見えていたが、やがてまったく姿を現さなくなった。部屋の中でだれかが動いている様子はなくなった。

「きっと出かけたのさ」

アオが言った。僕は恐かったけど、アパートの駐車場に行った。先生の車は見当たらなかった。

初日はそれだけのことをして家に戻った。帰りついたときは、夕食の時間だった。

「どこで遊んできたの？」

お母さんが言った。僕はてきとうにぶらぶらしていたと答えた。どこか特定の友達の家を言うのはやめておいた。もしもお母さんがその家に電話したら、僕の嘘がばれてしまうからだ。

次の日も先生の部屋へ自転車をこいだ。

見つかる危険もあったが、ドアの前に立ち、耳をつけてみる。中で何か物音がするのを聞いた。僕がそうしている間に玄関を開けてしまうんじゃないかと恐かった。薄いドアを一枚はさんだ向こうに先生がいる。それだけを確認して、部屋の前から遠ざかる。

ドアを見張っておくためには、アパートの表側にいなくてはならない。でも、そこにはもう一棟のB棟が建っている。しかし、先生の部屋は運良く端にある。おかげで、

B棟の斜め後ろにある喫茶店の駐車場から、先生の部屋のドアを監視することができた。

喫茶店の駐車場には巨大な看板があり、その陰に身を置いて、ジュースを飲みながらドアを見ていた。変化が乏しくて、退屈だった。天気が良く、夏の力強い太陽が耳の裏側をがんがん叩き鳴らすほど輝いていた。もしも身を潜めるような影がなかったら、僕はきっと暑さで気が狂っていた。

あまりに何も起きないので、一度、アパートの裏側にある公園へ行き、昨日と同じ場所から窓を眺めた。カーテンが開いていて、羽田先生が部屋にいることを知った。ためしに郵便受けを覗いてみる。先生あてに、いくつか封筒を見つけた。

「持っていけ」

アオがそう僕に命令した。悪いことだとは知っていたけど、それらを郵便受けから抜き取った。郵便受けには、錠をかけるような取っ手があった。錠は入居者がそれぞれ自分で買って取りつけなくてはいけないらしい。並んでいる郵便受けの中には数字錠を取りつけている人もいたけど、先生はそれが面倒だったのか、取り付けていなかった。だから、封筒を盗み出すのはかんたんだった。

B棟の斜め後ろにある喫茶店へ入ってみた。ひとりでこんなところに入るのははじめてだったけど、アオがずっとついてきてくれたので、少し心強かった。外はあまりに暑かったため、涼しくてゆっくりできる場所に行きたかったのだ。

店に入ると、冷房のきいた冷たい空気が全身を包み、ほとんど生き返るような気持ちがした。

薄暗くて、もう何十年も前からつづけているんじゃないかと思うほど古い店だった。一番奥にある窓辺の席に座る。椅子のカバーが破れかけていて、中身の黄色いスポンジが見えていた。

窓に目をやると、運良く先生の部屋のドアが見えることに気づいた。外で監視するよりも、店内の涼しい場所からこうして見張っていたほうがずっといい。注文を聞きにきた店のおばさんにカフェオレを頼んだ。

テーブルの上に封筒を開けた。封筒は二つあった。ひとつは電話会社からだ。開けて確認してみたが、僕は電話料金についてほとんど知識がないため、請求されている金額が多いのかどうかよくわからなかった。

もうひとつの封筒は、おそらく先生の友達からのものだ。差出人のところに、男の人の名前が書かれている。中には便箋と数枚の写真が入っていた。

「先日の旅行の写真ができたので……」

そんな内容の文章が便箋には書かれている。

写真には、酔っ払って赤い顔の羽田先生が写っていた。また、どこかの川原でキャンプをしている写真もあった。先生の後ろには、杭と紐で地面に固定されたテントが見える。先生は男の人や女の人と肩を組んでVサインをつくった指をカメラに向けている。

そういえば夏休みになる前、ホームルームの時間、先生はキャンプへ行ったときの話をみんなにしていた。車のトランクにテントを押しこめ、大学のときに友人だった人たちと出かけたそうである。テントを地面に固定する金属の杭が一本だけ見当たらず苦労した話、バーベキュー用の炭が足りなかった話などを楽しげに披露していた。

趣味は運動をすることとキャンプ。はじめて教室に現れたとき、羽田先生はそう自己紹介した。

「幸福そうだな」

アオが憎々しげにつぶやいた。そして、あらんかぎりの呪詛《じゅそ》を、写真の中で笑っている先生に向かって吐き捨てた。僕は耳を覆いたくなった。

そのとき、僕は見た。喫茶店の窓から見える先生の部屋のドア、それが開いて中から先生が出てきた。

夏休みの間、小学校のプールで水泳教室というのが行なわれる。それは自由参加で、生徒本人が希望しなければ特に行く必要はなかった。先生はこの時間、そこでみんなに水泳を教えているのかもしれない。

ドアを閉めると、先生は鍵をかけた。僕のいる場所からは、ただ先生の背中が見えるだけで手元が見えたわけではない。でも、仕草からそう推測できた。

その後先生は背伸びをし、ドアの上に何かを置いた。その作業を終えると、僕に見える場所からいなくなった。

「あいつが最後に何を置いたのか、見えたか?」

アオが僕に話しかけてきた。僕は、よく見えなかったと首をふる。

「あれは、たぶん、鍵を置いたんだ」

先生の部屋には、女の人が出入りしていた。その人のために、合鍵を置いたのではないかと、アオは言う。

　それは正解だった。

　車がなくなっているのを確認し、アパートの三階、先生の部屋の前へ行った。ドアの上を調べると、そこには鍵が置かれていた。

「それをつかって今すぐ部屋に入るんだ」

　アオはそう言ったが、僕はその日、鍵をもとの場所に戻して自分の家へ戻った。

　アオは僕を臆病だと罵った。

　しかし、部屋に入るためにはひどく勇気が必要だったのだ。僕は一晩、蒲団の中でそのことを考えた。電気を消した暗い部屋の中で、じっと一学期のうちに体験したことを思い出す。寝返りを幾度、うっただろう。暑苦しくて、頭が割れそうだった。

　やがて眠りにつく直前、ようやく、部屋に忍びこむ決断ができた。

2

　その日は朝から天気が悪く、空は薄暗い灰色の雲で覆われていた。すぐにでも雨が降ってくるようでもあるし、そのまま降ることなく一日が過ぎる気もする。そんなあやふやな、居心地の悪い空だった。

もしも雨が降ってくると、その中を自転車で行かなくてはいけない。それが面倒なので、行こうか行くまいか迷ったのだけど、結局、先生のアパートへ行くことにした。天気予報で、午後から晴れると聞いたからだ。

自転車を二時間ほどこいで、先生のアパートに到着する。昨日、一昨日と違い、今日は駐車場のよく見える場所から監視をした。先生がいなくなったかどうかを調べるためには、先生の車の有無を確認すればいいのだと気づいたからだ。

アパートとは道路を挟んだところにある植えこみの陰に居座った。そこで、家から持ってきたコミックボンボンを読んでいた。コミックボンボンというのは、形や大きさがコロコロコミックに似た月刊のマンガ雑誌である。それに目を通しながら、先生の車があるかどうかを時々、確認する。

僕は緊張して、ほとんどマンガの内容がわからなかった。

やがて、ボンボンのページに、小さな水滴が落ちた。再生紙で作られた本にそれは一瞬で吸いこまれる。僕は灰色の空を見上げて、とうとう雨が降ってきたことを知った。

　そのとき、車がエンジンを震わせる音に気づいた。それは道をはさんだ駐車場からの音で、そちらを見ると、先生の車が動き出すところだった。僕はあわてて身を隠した。

　羽田先生の黒い自動車は、僕に気づいた様子もなく、道路に出るとすぐにスピードをあげた。

「いくぞ」

　アオの言葉に、僕はうなずいた。

　鍵は昨日と同じ場所に置かれていた。背伸びをして、それを手にとる。鍵穴へ差しこむとき、手が震えるのを必死で止めた。

　ほんの少しの手応えと同時に、鍵の開く感触と音。僕はその瞬間、侵入者になった。

　玄関を抜けると、他人の家独特の異質な匂いがした。よそよそしい空気。僕はいつも友達の家なんかに行くと、この空気に緊張する。

　玄関を抜けたところに、履き潰した古いスニーカーが転がっていた。目の前に廊下が延びていて、突き当たりと左手に扉が見える。右手にはガスコンロと洗い場がある。

それほど広くないが、ひとりで暮らすには充分なのだと思う。

靴を脱いで部屋に上がった。それは恐ろしく奇妙な気分だった。いつも小学校で見る羽田先生は、僕にとってまったく理解のできない存在だった。いつも僕を無表情な目で見ている。みんなには愉快な話をして笑顔を向けていても、僕を視界にとらえた瞬間、すっと光の消えた真っ暗な目になるのだ。でも、先生にもこうやって家があり、生活がある。僕は不思議でならなかった。先生も僕みたいに何かを恐がったり、不安になったりするのだろうか。

「冷蔵庫を開けてみろ」

アオの言葉にしたがった。冷蔵庫は小型で、僕の家にあるものよりもはるかに小さい。中はほとんど空だったけど、缶ビールが五本、冷やされていた。麦茶の入った大きめの容器が冷蔵庫の扉のポケットに入っていた。

「料理はしないみたいだな」

冷蔵庫には興味がなさそうにアオが言い放つと、廊下の奥にある扉へ青色の顔を向けた。

部屋が二つあった。一方は寝室、もう一方はリビングとして使っているようだった。

扉を開けて部屋の中を確認するたびに、先生が奥にいるんじゃないかという想像に取りつかれた。しかし、やはり中にはだれもおらず、心から安堵した。

寝室にはベッドと机があった。蒲団にしわがある。なぜかはわからないが、僕はそれから目をそらした。まともに見てはいけない気がしたのだ。

机の上には、小学校で使う教科書が並んでいた。僕にも見覚えがあるものだった。女の人といっしょに写っている写真があり、それはどうやら、時々先生の部屋にくる女性と同一人物のようだった。

リビングに入ってみる。小型のテレビや低いテーブルが置いてある。壁に目を向けると、写真が押しピンで留められている。僕も部屋にピンで写真をはりつけていたから、先生も同じことをしていると知り、不思議な気分になった。写真の中には、サッカーボールを抱えた若い先生の姿がそこにあった。

テーブルの上に灰皿があり、その中に吸殻が入っていた。先生が煙草を吸う場面に遭遇したことはなかったが、それは小学校で吸っていないというだけなのだろう。よく探すと、テレビの上に煙草の箱とライターが置かれている。

僕は体中に汗をかいていた。緊張のせいというのもあったが、部屋中に熱がこもって暑かったのだ。外は太陽こそ出ていなかったが、窓を閉めきっていると、耐えられないほどの温度になる。僕は窓辺に近寄った。そこからはアパートの裏にある公園が見えた。部屋に入る直前、降りはじめた雨は、しだいに強さを増してきている。ベランダの手すりに雨粒が落下して弾ける様が見えた。

洗面台やお風呂場を調べてみた。髭剃りや櫛、整髪料がある。洗面台には開閉式の扉がついていて、そこを開けると、歯ブラシが並んでいた。その上にいくつか薬の壜《びん》があったので、手にとってみる。ビタミン剤や風邪薬、そして睡眠薬の壜だった。

「冷蔵庫の中に麦茶があったよな」

アオが言った。僕はいやな予感がした。

「……その中に、睡眠薬を入れておくの？」

恐かったけど、そう聞いてみた。

「ちがう。煙草を煮て、その汁を麦茶に混ぜてやるのさ」

彼が言うには、煙草を沸騰したお湯に入れて煮たてると、体に悪い成分が溶け出して水は黒くなるのだそうだ。それを人に飲ませれば殺すこともできるという。きっと麦茶に混ぜておけば気づかずに飲んでしまうさと彼は言った。

なぜアオがそんなことを知っているのか不思議だったが、実際は、僕がどこかでそのような知識を仕入れたのである。

アオはガスコンロに視線を向けた。水を沸騰させるのにちょうどいいヤカンがコンロに載っていた。

僕の心の中には確かに躊躇があった。でも、それを押し殺して突き進むだけの決心は、すでにできていた。もしもここで考えを変えて何もしないまま逃げ帰るのであれば、最初から来たりはしなかった。

リビングへ行き、テレビの上に置いてあった煙草の箱を手に取る。

そのときに気づいた。箱の中には、何も入っていなかった。ただの空き箱である。

もしも……。

そうアオはつぶやいた。

もしも、あいつが煙草を買いに行っただけだったら、思ったよりも早くこの部屋に帰ってくるだろう……。

僕は空き箱をもとの場所へ戻し、自分の侵入した形跡が他にないかを確認した。それから玄関へ行き、自分の靴を履いた。扉を開けて走って逃げ出すつもりだった。でも、それはできなかった。

僕が靴を履き終えてドアの取ってに手をかけようとした瞬間、扉の向こう側で、だれかが鍵を差しこむ音。鍵を開けようとする。でも、そのだれかにとっては不思議なことだが、すでに鍵は開いている。

僕は窓の方向へ逃げ出そうとしたけれど、遅かった。扉を細めに開けた先生が、僕を見た。時間が静止したように、一切の動きが止まり、表情が強張った。

3

先生の話し声で目覚める。

最初、自分がどこにいるのかわからず混乱した。僕は気絶して倒れていたらしい。あたりは暗かったが、そこがお風呂場であることはすぐにわかった。入り口がすりガラスになっていたので、その向こう側にある明かりが僕のいる場所をぼんやり照らし出していたのだ。髪の毛が、目の前にある乾いたタイルの表面に付着していた。

鈍い痛みが頭に広がり、一瞬、息がつまった。その痛みが、なぜこの場所にいるのかを思い出させてくれた。

僕は羽田先生の部屋に入り、発見され、ぶたれたのだ。その瞬間に見た先生の顔を思い出す。

部屋の中にいた僕を見て、先生はこの世に存在しないものを見たという表情をした。しかし僕の意図が復讐であることを、すぐに理解したのだろう。激昂した先生に殴られた僕は、倒れたときに頭を強く打ったのだ。

頭を触ろうとしたら、手が動かなかった。そのときはじめて、僕は手足を縛られていることに気づいた。

「なぜあいつは、おまえが復讐に来たのだということをすぐ理解したと思う？」

アオの幼い声は、風呂場に倒れている僕の背後から聞こえてきた。体をひねってそちらに注目する。アオはしゃがんで僕を見下ろしていた。お風呂場の闇の中に体を忍ばせて、白目だけが爛々と輝いていた。

「あいつは、心のどこかで恐れていたのさ。自分がいけないことをしているのだという罪悪感、だれかがいつか自分を罰しに来るんじゃないかという不安があった。だから、おまえが復讐しに来たことをすぐにあいつは理解したのさ」

先ほどから聞こえてくる先生の声に耳をすませた。廊下か、それともリビングで声がしているようだった。

「先生はだれとしゃべっているんだろう?」

そうたずねると、アオは首をひねり、耳をすます仕草をした。

ごめん、今日はだめなんだ……。

先生の話し声がわずかに聞こえた。しかし、それ以外はほとんど聞き取れない。

「だれかがこの部屋に来ようとするのを、電話で追い返そうとしているらしい」

アオが言った。きっと先生は、僕がここにいるのを他人に見られたくないのだろう。

先生は僕をどうするつもりなのだろう。手足を縛って、これからどんなひどいことをするつもりだろう。

アオを見ると、彼はほとんど血が流れそうなほど歯を食いしばり、憎悪の目で先生のいるらしい方向をにらんでいた。

先生の話し声が消えた。足音が風呂場に近づき、突然、僕の頭上にあった蛍光灯が点灯した。圧倒的にまぶしい白い光に満たされ、僕は目がくらんだ。

風呂場の入り口を開けて、先生が顔を出した。片手にコードレス電話の受話器を持っていた。

「気がついたか」

　恐い声で先生は言った。

「おいこら、マサオ、おまえわかってんのか？　勝手に人のうちに入るのは犯罪になるんだぜ！」

「ぼ、僕は……」

　何を言えばいいのかわからず、口籠もる。

「警察に突き出してやる！」

　先生は脅すような声を出した。

　アオが僕に顔を近づけた。彼は僕と先生の間にいたが、先生は彼に気づいてはいなかった。

「マサオ、あいつの言うことを無視しろ。いいか、泣くんじゃない。謝るのもだめだ。一切、耳を貸すんじゃない。にらみつけるんだ」

　彼は目をむき出してほとんど噛みつくように僕へ叫んだ。

「犯罪だろうが、警察につかまろうが、どうでもいい。あいつを殺す場面をイメージしろ」

先生は怪訝《けげん》な顔で僕を見た。それは、僕がアオの恐ろしい顔を見ていたからだろう。先生には、僕が空中へ視線を固定しているように見えたのだ。

僕はアオの言うことを実行した。

先生に視線を向け、包丁でその首を掻き切るところを想像した。これまで僕の味わったすべての苦しいことを思い出し、もう、そうなるのはいやだと望んだ。

先生は、きっと僕は泣くのだと思っていたのだろう。でも、逆ににらみつけたから、不機嫌になった。

「いきがりやがって！」

そう吐き捨ててお風呂場から出ていった。

「それでいい」

アオが満足したようにうなずいた。

先生はタオルを持って戻ってきた。それを僕の口に噛ませて、話をできなくさせた。

夜になると、雨が本格的に降りはじめたのがわかった。風呂場には小さな窓があり、そこは閉められていたけど、激しい雨音がガラスを通して聞こえてきた。

僕は監禁された状態のまま夜を過ごさなくてはならなかった。考えまいとしても、家のことに意識が向いてしまう。

家族が心配しているにちがいない。僕は行き先を告げずに出てきたので、騒ぎになっているかもしれない。お母さんは今、どうしているだろう。かろうじて残っている事故の記憶を思い出し、もうお母さんを悲しませることはしないようにと思っていた。それなのに、こうなってしまった。姉やノブは、今、何をしているだろう。

夜遅く、先生が風呂場のドアを開けた。片手にコードレス電話の受話器を持っていた。

「落ちついてください、お母さん、きっと大丈夫ですから」

先生は真剣な声で受話器に語りかけた。

「マサオくんは友達の家ではないでしょうか……？」

電話の相手がお母さんだと気づいた。僕は必死で声をあげようとがんばった。でも、タオルのせいで声は出なかった。声を出そうともだえている僕がおもしろかったのか、先生は受話器を手にしたまま、僕に顔を近づけた。目が笑っていた。

「ええ、本当に心配です。大丈夫、きっと見つかりますよ……、私も心当たりを探してみます」

先生は僕の目の前で、その電話を切った。

悔しかった。先生は、何もできない僕を見て楽しんでいる。僕はおもちゃと同じだった。

深夜まで、先生の部屋に明かりがついていた。ドアを閉じれば明かりはもれないはずである。しかし先生は部屋の扉を開けていた。そのため、風呂場の扉のすりガラスに白い明かりが砕けて見えた。

「あいつは眠れやしないにちがいない。おまえが逃げ出さないかどうか、見張っているのさ。寝室のドアを開けて、この風呂場の入り口を監視しているのさ」

アオが愉快そうに笑った。

僕は眠ろうと必死になったけど、風呂場の床が硬くてなかなか寝つけなかった。耳に聞こえるのは、窓の外にある雨音だけである。おまけに暑かった。密閉された風呂場に熱がこもり、息苦しい。全身から汗が吹き出た。僕は目を閉じて、泣きそうになるのを必死でこらえた。

玄関のチャイムで浅い眠りから引き起こされた。小窓から入る光は朝のものだった。外はまだ天気が悪いのか、それは弱々しい。

どうやら近所の人が、先生の部屋をたずねてきたらしい。笑って対応する先生の声が聞こえてきた。僕は叫び声をあげて助けを求めようとしたが、タオルのせいで声が出なかった。客が帰ってしまうと、救いが消えたように思えて悲しくなった。

空腹がひどかった。先生は僕などいないように振舞い、当然、食事などは与えられなかった。時々、先生は風呂場のドアを開けて僕を見下ろした。

「おい、おまえ、先生がやったことを、みんなに黙っておくか？」

あるとき、そう僕に問いかけた。

僕はタオルを噛まされているので、話すことはできないが、首を縦に振ってうなずいた。

先生はしばらく僕を見ていた。考え事をしている目だった。

「信じられないな」

吐き捨てるようにつぶやいた。

「おまえ、絶対みんなに言うだろう。そうやって油断させておいて。なあ、おい、そうするつもりなんだろう？」

先生の額には汗が吹き出ていた。まるで何かに恐怖している目だった。僕の髪を鷲《わし》づかみにして、なあそうなんだろう、と繰り返す。ほとんど懇願するような必死さだった。

僕は先生の態度に恐怖を感じていた。これまで羽田先生のせっぱつまった様子を見たことがなかったからだ。だから、先生の様子が意外に思えてならなかった。

「あいつはまいっている」

その夜、アオが言った。

先生は僕の扱いに戸惑っている。縛り付けて閉じこめたのはいいが、これからどうすればいいのか困っているのだ。

身動きすることも声を出すこともできない状態で転がされ、一日以上が過ぎた。昨日から降り続いていた雨は弱まったようだ。僕には確認することもできなかったが、じきに雨はあがるだろう。

それはちょうど深夜零時くらいのことだった。

体を折り曲げて風呂場にある唯一の小窓に目を向けていると、突然、天井にある蛍光灯が点灯して視界が白色になった。まぶしくて目を細めた。

先生がやってきて、僕の口を閉ざしているタオルを取り払った。

「さあ、これでしゃべれる」

先生は言った。

「いいか、黙っていろ。黙ってさえいれば、おまえを自由にしてやる。いいな⁉ 家に送ってやるから、今まで隣の町で遊びまわっていたと言うんだ」

先生は気づかなかったが、背後にアオがいた。彼は首を横に振っていた。僕は恐かったけど、アオの主張通り先生の提案を飲まなかった。

「おまえ、今、どういう状況かわかってんのか？」

羽田先生は焦ったように僕の髪の毛をつかんでゆさぶった。

「監禁されたことも、教室でのことも、全部みんなに言いふらすと言うんだ」

アオが僕に言った。それはつまり、心の奥底にある僕の提案だった。

「……僕は、先生のことをみんなに言います……」

僕がそう口にすると、先生は僕を罵ってわめきたてた。ヒステリックに浴槽を蹴り、僕を殴った。

でも、みんなへこのことを話すという宣言を僕は撤回しなかった。

「この痛みは過ぎ去る。こいつがおまえに苦痛を与えているのは、おまえが恐ろしいからなんだぜ」

殴られて血を流している最中、アオが僕へ語った。風呂場の中は先生の怒声が反響していた。しかし、なぜか静かにアオの言葉だけは頭へ入ってくる。

痛かったけど、僕は先生の思い通りになりたくなかった。殴られるたび、アオの体にも傷が増えていった。

やがて先生は息を切らせながら風呂場から出ていった。すりガラスの向こうで洗面台に向かって何かをしていた。最初は顔を洗っているのだろうと思っていたが、洗面台の扉を開閉させる音を聞いた気がした。

しばらくして、あきらめたような顔で先生は戻ってきた。憔悴《しょうすい》し、目の下が暗い色になっていた。

僕に近づくと、先生は手足の紐を解いてくれた。洗面台のわきに置いてあったタオルをぬらし、僕の手にそれを押しつけた。

「鼻血を拭け……」

僕はタオルで顔の血を拭った。鼻の奥から出てくる血に、止まる様子はなかった。

羽田先生が顔をうつむけて、弱々しく息を吐き出した。

「悪かった、反省している」

ほとんど泣きそうな声だった。

「……子供を殴るなんて、どうかしている。もう、どうすればいいのかわからなかったんだ……。おまえをこれから家に届けるよ……」

手足が自由になっても、僕は風呂場の床に倒れたまま立てなかった。ただタオルで鼻血を拭きながら、先生の後悔を聞いていた。

先生はそんな僕をしばらく見つめた。やがて風呂場を一旦離れて、次に戻ってきたときには片手にジュースの入ったコップが握られていた。オレンジジュースだった。

先生はそれを、何も言わずに僕へ差し出した。二日間、何も食べていなかったので、すぐにそれを飲み干した。

「トイレへ行くと言え」

アオが僕に忠告した。

「……あの、トイレに行かせてください」

そう言うと、先生はうなずいて、僕が立ちあがるのに手を貸した。トイレは風呂場を出た場所にあった。中に入り、扉を閉める。

「指を喉の奥に入れろ」

アオが言った。

「今のジュースには、睡眠薬が入っていたにちがいない。ジュースの前、あいつは、洗面台を開けていた。そこには確か睡眠薬が入っていたはずだ」

抵抗はあったが、思いきって人差し指を喉の奥に入れた。胃の中にあったオレンジジュースが逆流する。白い洋風の便器が橙色の液体に満たされた。そうやってものを吐いたのははじめてで、ひどくきついことだったが、アオを信じてそうするしかなかった。

「いいか、今、飲まされたのは、致死量分の睡眠薬だったかもしれない。でも、その可能性は少ないだろう。睡眠薬で死ぬためには思ったよりも多量に飲まなくてはいけないからだ。コップ一杯のジュースに溶かされていた程度では死なないだろう。だからあいつは、おまえを眠らせようとしたのだ。トイレから戻ったら、眠ったふりをしろ」

トイレを出ると、また風呂場に入れられた。

「もう少しだけ、ここにいてくれ。今からきみを送る準備をする」

先生はすまなそうに言った。

幸いにも、今度は縛られなかった。

「あいつは、もう縛らなくてもいいと思っているのさ」

アオが言った。

「あいつは油断している。さあ、眠れ」

薬が効いてくる時間を見計らい、僕は眠ったふりをする。鼻血は出つづけていたが、それを無視する。先生が扉を開けて、じっと僕を見ているのが瞼の向こうからわかった。

4

目を閉じて息を殺していると、先生が顔を近づけてきた。視界がないのにそうされたことがわかる。先生の唇の隙間からもれてきた息が、鼻の先端に当たった。わずかに煙草の臭いがした。

一切、表情を変えてはいけない。心の中でそう幾度も自分に言い聞かせる。どれほど眉をしかめたかったかわからない。しかしがまんした。

先生は風呂場から出て行き、外で何か作業をしていた。薄目をあけて何をしているのかを確かめようとした。しかし、すりガラスの向こうを横切る影が見えただけで、何をしているのかまではわからなかった。

やがて風呂場の扉が開かれると、突然、背中と膝の下に先生の腕がさしこまれた。先生は僕を起こさないように気をつけて持ち上げる。

僕は先生に抱えられた。いかにも眠りこんでいるというふりをして、手足を空中にだらしなくぶらさげた。

自分はどこかへ連れて行かれようとしている。目を開けることは許されなかった。もしも起きて逃げ出そうとすれば、きっと先生は僕を捕まえ、今度こそ手足を動けないようにして風呂場に閉じこめるだろう。

緊張で汗をかいているのが自分でもわかった。それに気づかれて、寝たふりをしているだけだということを覚られないだろうか。

先生が僕を抱えたまま苦労して扉を開ける。玄関を出た。外の雨音はほとんど聞こえなかったが、頬に水気を感じた。アパートの階段を下りる。そのまま先生は外を歩き、少し歩いたところに僕を下ろした。そこは僕の身長に対してわずかに狭く、足を折り曲げなければいけなかった。その直後、バタン、と音がして、空気の圧縮される感触。先生の気配が遠くなり、僕はようやく、目を開けることができた。

あたりは暗闇だった。一切、風はない。

「車のトランクだ」

背中のほうからアオの声がした。首を必死で後ろに向けたが、彼の青い顔は見えない。しかし、確かに僕の背中へ寄り添っている彼の気配はあった。

「ここはあいつの車のトランクさ」

突然、エンジンのかかる音がすぐ身近な場所から聞こえ出した。僕の入れられている狭い空間が震え、動き出した。アオの言う通り、そこは車のトランクらしい。特有の臭いがある。

しばらく車の走行する音だけが聞こえていた。暗闇の中、タイヤが小石を踏み弾き、加速するのを感じる。はてしなくそれが続き、僕はこのまま外へ出されることなくトランクの中で石のように固まってしまうのではないかという想像をする。

鼻に手をやると、もう血は止まっているようだった。

「先生は僕をどうするつもりなの?」

「殺すつもりなのさ」

口を封じるために、羽田先生は必ずそうする。アオは宣言した。

「しかし、あいつは失敗した」

「なにを?」

「あいつには、決断ができなかった。それが失敗だった。あいつは、おまえをこれからどこかへ運び、その後で始末しようとしている。あいつは自分の家でおまえを殺す決断ができなかったのさ。だから今、まだおまえは生きている。それが失敗だ。大丈夫、逃げる機会を見つけろ」

アオは言った。

暗闇の中で、僕の目の前を何かが転がっていた。暗くてそれは見えなかったが、転がっているという気配はしたのだ。それが手に当たる。細い金属の棒みたいだ。これはなんだろうと考えているうちに、車が止まった。

トランクが開けられる瞬間、僕はとっさに目を閉じた。瞼の向こうで、先生が僕を見下ろし、意識の有無を確認するような視線を向けている。

先生が僕をトランクから出して、背中に背負う。体が外気に包まれる感触に、思わず深呼吸をしてしまいそうになる。

雨粒が頬に感じられない。しかし、湿気から、雨の上がった直後だということを知る。

ゆっくりと、慎重に目を開けてみた。背負われているという格好から、そうしても大丈夫だという考えがあった。先生がどう首をひねっても、僕の顔が見えるはずはない。

目を開けた僕は、自分がどこに連れてこられたのかを知った。

周囲には建物が見当たらず、町の明かりは見当たらなかった。そこは山の中腹あたりにある駐車場で、先生は砂利を踏んで駐車している自動車から遠ざかろうとしていた。周囲に他の車は見当たらず、先生の運転してきたものだけである。

先生は僕を左手のみで背中に背負っていた。細身だけど、先生の腕は固く、筋肉がある。その右手には懐中電灯が握られていた。

僕の足に先ほどから何かが当たると思っていた。よく見ると、それはスコップのようだった。銀色で、折りたたみできるものらしい。それが先生の腰に固定されている。

夜というのが暗闇ではないということに気づかされる。月のためなのか、空全体が青みがかっていた。空は風が強いのかもしれない。雲が流れている。先ほどまで空にかかっていた雨雲を、その風が吹き飛ばしてくれたのだとしたら、僕は一生、その風に感謝する。

やや明るい夜空の下、深い森を抱える山は巨大な黒い影として目の前にそびえていた。先生はその方向へ向かっている。駐車場の奥に自動販売機の白い明かりがあった。それは他に何もないこの場所では、先生の持つ懐中電灯を除けば唯一の光だった。その横に階段があり、それは山の奥へ向かっている。

先生は階段を上がり始めた。両側は急斜面となっており、木々が無造作に生え、根が地面からむき出しである。大きな角張った石が転がり、先生はそれを避けながら歩く。

「おまえは埋められる」

先生の横を、アオが歩いていた。

「おまえは山の奥で木の根元に寝かされ、あいつは穴を掘りはじめるのだろう。いや、穴を掘るのが先か、おまえにとどめをさすのが先か、わからない」

僕は全身に汗をかいた。

「今しかないぞ」

アオが言う。

今が決断の時間なのだ。そのことを僕は知った。

背負われたまま静かに、そしてできるだけ素早く両手を動かした。先生がその動作について一瞬のうちに理解してしまうかどうか不安はあった。

僕は、トランクの中で手にした金属の棒をズボンにはさんでいた。それを手にする。それを両手で握り締め、高く振り上げた。

トランクから僕を背負ったとき、先生がそれに気づかなかったのは幸運としか言いようがない。その金属棒はL字型になっており、長いほうの先端は尖っていた。暗闇の中で、それがテントを地面に固定する金属の杭であることに気づいていた。先生は、トランクにそんなものを残し忘れていたなんて知らなかったのだろう。

先生の首筋めがけてそれを振り下ろす。

瞬間、先生が身をよじった。軌道がそれる。しかし、僕の手は手応えを感じていた。先生が僕を振りかえり、何かを叫んだ。僕は背中から地面に落ちる。頬に温かいものが飛んできて弾けた。見上げると、先生の首から血が飛び散っていた。

先生の手に握られていた懐中電灯が落下し、地面を転がる。その強烈な光が躍り、僕と先生の顔を一瞬だけ照らし出す。

先生は自分の首に手をやり、その液体が何なのかを知った。目を大きく開け、地面に倒れている僕と濡れた手とを見比べた。

「走れ！」

アオが叫んだ。僕は弾かれたように立ちあがり、先生のいた場所とは逆の方角へ道を走る。途中、わき道があり、そこへ駆けこんだ。

僕は裸足だった。そのため、足の裏側に痛みが走る。

空は薄く明るかったが、木々の葉に囲まれた道は真の暗闇である。その中を恐怖とともに駆けた。

後ろから羽田先生が追いかけてくる。僕の名前を呼び、必死の形相で走ってくる。

それは幾度も夢の中で見た悪夢の光景である。僕はそれを見るたびに、蒲団の中で目を見開き、発作のように悲鳴を上げた。それが現実のこととなっていた。

僕は足が遅い。追いかけてくる先生の気配がすぐに背後へ迫ってくる。

自分がどこを走っているのかさえ、すでにもうわからなかった。道を走っているとばかり思っていたが、いつのまにか外れて森の中へ足を踏みこんでいる。転びそうになりながら木を避ける。雨に濡れた木の葉が体をなぶり、水滴を散らばらせる。

瞬間、右足の裏に不思議な衝撃があり、そのまま転倒した。少し遅れて、激痛が頭の芯を直撃した。暗くてよく見えなかったが、僕の右足に、何かが突き刺さっているようだった。

倒れている僕のそばに先生の立つ気配がして、おいかけっこが終了したことを知った。

先生は肩を上下させ、僕を見下ろしていた。

僕はそのまま転んでいるのはいけないと思い、痛みにうめきながら立ちあがった。よく周囲を見渡すと、僕と先生がいるのは、斜面の上だった。ほとんど垂直な崖に近い急斜面である。森が開けており、わずかに月のおかげで明るかった。真下に駐車場が広がっており、さきほどの自動販売機の明かりが見える。

　高さは、二十メートルほどだろうか……。

「おい！」

　先生が僕を振りかえらせた。恐ろしい形相だった。首のけがは、思ったよりも深くはなかったらしい。しかし、血で濡れた顔や服は、先生を人間ではなく、何かの化け物のように見せた。

　唐突に先生は笑いだした。僕がデブで足の遅かったのがだめだったのだと、先生は唾を顔に飛ばしながら言った。それから急に笑うのをやめて僕を羽交《はが》い締めにすると、叫びながら何度も膝で蹴り上げた。

　痛みのために意識がもうろうとしてくる。

　アオが僕と先生のそばにしゃがんでおり、僕を見つめていた。その目が、僕に何をしてほしいのかを語っていた。もちろん、僕はそうするつもりだった。

　先生は僕を羽交い締めにしたままである。

　僕は先生の体にしっかりと腕をまわした。先生の顔を見上げると、僕が何をするつもりなのかまったくわからないという戸惑った表情をしていた。

足の筋肉をふりしぼり全体重をかけ、斜面の方向へ倒れこんだ。先生の足の下にあった地面がずるりと崩れ、石や土に分解した。先生がそれに気づいて短く悲鳴を上げた。僕たち二人の体が落ちないように支えるものは何もなかった。

「決断というのはこういうことだ」

アオの言葉が聞こえた。

僕はその瞬間、死んでもよかった。ただ、先生に殺されることだけはいやだった。死よりもつらいことがあるのだ。そのことを僕は先生に教わった。

斜面をすべり落ちる間、ほとんど痛みは感じなかった。ただ体全体がありとあらゆる衝撃を受けていた。回転し、叩きつけられ、肌に何かが食いこんだ。垂直に近い、地肌がむき出しの斜面は、僕と先生をおもちゃのようにもてあそび、転がし、上下をわからなくさせた。

地面に到達したとき、意識を失っていなかったのは奇跡だった。体が一番下まで落ちてしまっても、まだ上から小石が降ってくる。

目を開けると、少し離れた場所に自動販売機の光があった。先生がその横に倒れてうめいている。足や手が異様な方向に曲がっている。どうやら動けないようだが、かろうじて意識はあるらしい。

僕は全身の力を振り絞った。斜面を転がり、体中をすりむいてしまっていた。しかし立てないほどのけがはなさそうだ。

右足を細い木の棒が貫いていた。足の裏側に刺さり、甲のほうに数センチほど出ている。斜面の上で感じた激痛の正体はそれだった。震える手で棒を握り締めた。わずかに血で濡れていた。貫通しているそれを体から抜き放つ瞬間、いつのまにかそばにいたアオが、まるで産声のような、もしくは犬のような声をあげた。唇に通されていた紐はもちろんすべてほどけている。犬歯が薄闇の中で尖っていた。僕の目には、アオの顔が犬のように見えた。彼の拘束服はいつのまにかずたずたに裂けていた。そんなはずはないのに、たった今、斜面を転げ落ちたせいでそうなったのだろうと僕は思った。アオの両腕は自由になっていた。はじめてみる腕は、細く、傷だらけである。

僕は立ちあがり、自動販売機の前で倒れている先生のもとへ歩いた。痛みは激しかったが、それを無視することがそのときの僕にはできた。

先生が地面に倒れたまま僕を見上げていた。目が驚いたように大きく開かれ、恐怖のために歪んだ。

きっとそれは、僕がそばに落ちていたブロックの重い塊を抱えたからだと思う。それは何かコンクリート製のものが破壊された破片のようである。角ばっており、その重量は僕の抱えられる重さの限界だった。

僕がそれを頭上に持ち上げてどうするつもりなのか、足元に転がった先生にはわかったのだろう。

「や、やめろよ……!」

羽田先生は呼吸困難になったような声を出す。

そうさせたのが、僕なのか、アオなのか、わからない。犬のような咆哮をあげながら、僕は先生の頭めがけてブロックを振り下ろした。

先生が悲鳴をあげながら咄嗟に腕を差し出した。そのため、ブロックは手に弾かれて胸へ落ちる。肋骨の砕ける瞬間を僕は見た。ブロックの角が先生の胸に突き刺さり、一瞬だけその状態で静止する。先生が血を吐いた。

僕は周囲に目をやり、アオを探した。これまでずっと彼の念願だった復讐の時間がおとずれた。こんなうれしいことはない。しかし、彼の姿は見当たらない。

どうでもいい。とにかく目の前に情けない格好で横たわって悲鳴をあげている羽田先生をどうにかすることで僕は忙しかった。先生といったら、本当に情けない格好で子供のように泣いているのだ。

先生の体の上から地面へ転がり落ちたブロックを拾い上げる。

先生は地面で芋虫のように這いつくばっている。

僕はいつのまにか動物のように吠えていた。

怯える先生の黒い瞳の中に一瞬だけ見た。自動販売機の明かりに照らされた僕の姿がそこにあった。顔の色は青く、口は犬のように広がり、片耳と頭髪はなく、瞳は爛々と輝いていた。それはまぎれもなくアオの姿で、僕はそのことに驚くのが普通なのだけど、違和感なく見たものを受け止めた。

殺してもいい。でも、殺されてはだめなんだ。アオが僕に教えてくれた究極的なことはたぶんそれだった。

僕は恐がりで何もできない子供だった。先生から標的にされても、どうすることもできずただ何もかもを受け入れるしかなかった。ずっと前、先生が僕自身へ言わせたように、僕はだめな子供かもしれない。

先生にとっては僕なんて、きっとただの逆らわない羊だったんだ。羊は静かに食べられて、餌になる。

だけど、それじゃだめなんだ。なぜなら、そんな悔しいことってないのだから。

僕はそう考えると、ブロックを振り上げた。

第五章

1

夜の山道を歩いて町まで戻った。ほとんど暗闇に近い山道をひとりで歩くことは、以前なら恐ろしくてできなかっただろう。

足にけがをしていて痛かったけど、がまんすることができた。後に医者がそのことで驚いていた。普通、僕の負ったようなけがでは、痛くて立つこともできないはずなのだそうだ。しかし、肉体的な苦痛などというものは重要なことではない。先生の家の風呂場で、そうアオが教えてくれた。たとえ足が裂けて一生、歩けなくなっても、おそらく屈服するよりはいいのだ。

空が明るくなり始めたころ、最初に見えた民家を訪ねた。麓《ふもと》にあるその家は古い木造で、人が住んでいるのかどうか疑わしかった。

チャイムを鳴らしてしばらくすると、眠そうな顔をした中年の女の人が現れた。年齢は僕のお母さんよりも上くらいで、丸い顔をしていた。彼女は僕を見ると、驚いた顔をした。まだ子供がひとりで家を訪ねてくる時間ではないし、僕がけがをしていたからだ。

迷子になっていたことなどを説明して、電話を借りた。電話は玄関に設置されており、僕が番号を押す間、後ろでそわそわするように女の人は僕を見ていた。僕がいつ倒れてしまうのか心配でたまらないといった様子だった。

「もしもし、お母さん……?」

電話の通じる音がして、受話器の向こうからお母さんの声が聞こえた。もう何年間も会えなかったようななつかしい気持ちになった。

「迷子になってごめんなさい」

お母さんは泣いていた。後ろに姉やノブもいて、多くの人が僕を探して夜通し歩き回ったのだという話を聞いた。ミチオもずっと心配してくれていたそうだ。

僕も泣きそうになった。自分が死んでも、だれも悲しんでくれないのではないかという気がしていたからだ。

僕が今いる場所をたずねられた。後ろを振りかえって、女の人にここの住所を聞き、それをお母さんに伝えた。そして山の上のほうに羽田先生が倒れているのだということも話をした。どうしてそんなところに先生がいるの? とお母さんは戸惑ったように質問した。

「先生は、僕を探しにきたみたい。でも、山道で足を滑らせたんだ」

僕は作り話をした。

僕が山道で迷っているところへ、先生が現れた。僕らしい子供を目撃した人の話をたよりに、先生はこの山へ来たのだ。

しかし、先生と僕は不注意で斜面を転落。僕は歩ける程度のけがだったので、先生を残して麓の民家へ助けを呼びに来たというわけである。

お母さんは驚いた声を出した。

まあ、先生は大丈夫なの……!?

「動けないけど、無事だよ」

お母さんとの電話の後、救急車を呼んだ。

2

とどめをささなかったのは、一瞬のうちに起きた気まぐれが原因だった。

ブロックで先生の頭を砕こうとした瞬間、先生のあげた情けない悲鳴で、僕はすっかり彼が哀れになったのだ。それで、ブロックは先生の頭のすぐ横へ落として、心の中で殺したことにした。たったそれだけでいろいろな恨みへの復讐になりえるのかというと、なりえたのだ。

なぜなら、僕に許しを乞う先生を見下ろして、深い失望を抱いたのだから。

命を絶たれずにすんだ先生は、わけがわからないという顔で僕を見た。僕がもう何もする様子がないことを知ると、それは安堵の表情へと変わった。先生の顔は泥と涙で汚くなっていた。それをしわくちゃにゆがめていた。

アオはどこだろう。

彼はいなくなっていた。

僕と先生は別々の救急車で病院へ運ばれた。

電話をかしてくれた女の人は、救急車が来るまで僕を心配して世話をしてくれた。

彼女はその家にひとりで住んでいるらしかった。濡れたタオルを持ってきて顔を拭いてくれたり、飲み物をくれたりした。救急車が家の前に停まったとき、僕は彼女にお礼を言った。

僕は一週間、入院した。先生は四ヶ月ほど入院していなくてはならないだろうという噂を聞いた。病室は異なったが、同じ病院に入院しているので、お母さんは先生のいる部屋にも頻繁にお見舞いをしにいったのだ。

「もう少し足がよくなったら、マサオも先生のとこにお見舞いへ行きなさいね」

お母さんは言った。

入院して三日目、松葉杖で歩くことを許可された僕は、お母さんに付き添って先生のいる病室に向かわされた。本当はそんなところへなど行きたくなかったのだが、先生が迷子である僕を発見して麓への道を教えてくれたという話になっていたので、お礼を言いに行かないわけにはいかなかったのだ。

先生の部屋は違う階にあり、そこへエレベーターで向かう。

「こんにちは先生……」

お母さんが小さめの声で言いながら病室の扉を開けた。お見舞いのため病室の扉を開けるとき、人はなぜか小さな声になるという法則に気づいた。そこは個室らしく、扉の横に張りつけてある表札には先生の名前しか書かれていなかった。

先生はベッドの上で手足を吊るされていた。体中に包帯が巻かれ、蜘蛛にからめとられた昆虫のようだった。病室には先生以外、だれもいなかった。先生の顔を見るのは、僕がひとりで山をおりる前、短い会話をして以来だった。

僕を見ると顔面を蒼白にしていたが、彼はお母さんに笑顔で挨拶するのを忘れなかった。よそよそしくぎこちない態度だったが、お母さんはそれに気づいていないようだった。

僕は病室にあった椅子に座らせられ、ベッドの上の先生と五十センチメートルと離れていない状況で向かい合わされた。僕は平気だったが、先生は顔に汗をかき、息苦しそうにしていた。目を必死に僕からそらし、見まいとするのだ。

お母さんが幾度も先生に感謝の言葉をかけていた。僕はそれがばかばかしいと思いながら、一緒に頭を下げた。

「いいんですよ、お母さん……」

先生は気持ちの悪い弱々しい笑顔でそう答えていた。

結局、先生が教室で作り出した独自のルールや僕を監禁して殺そうとしたことなど、さまざまなことが世間に知られることはなかった。

「マサオ、ごめん……」

病院にミチオが来てそう言った。

「ずっと謝りたかったんだ。よくわかんないうちにさ、マサオ、おかしな具合になっていて。話しかけられなかった。恐かったんだ」

怒ってないよ。僕は心からそう言った。ミチオや教室のみんなに対して、すでにそれほど憎しみは抱いていなかった。それらは溶けて消えたのかもしれない。

「本当に怒ってないの?」

僕がうなずくと、ミチオは、買ったばかりのゲームソフトを僕に貸してくれるという約束をした。うれしかった。

3

病院を退院し、自分の家へ無事に戻ることができた。我が家は、先生の部屋があるアパートへ出かけて以来、七日ぶりになる。それだけなのに、ひどくなつかしく思えた。

居間で足を投げ出して、さっそく僕はテレビの前に陣取っていた。足には分厚く包帯が巻かれていて、それがとれるのにまだ二週間以上かかるという。それまでは松葉杖で生活しなくてはならない。

アオはあの夜以来、見なくなった。

というよりも、もともと、彼はいなかったのだ。テレビで流れているアニメをぼんやり眺めながら、彼のことを考えた。

アオなどいなかった。ただの幻である。僕の作り出した幻影なのだ。きっとアオと話をしているとき、僕は自分に向かって語りかけていたのだろう。

あの夜、山でのことを思い出す……。

気まぐれな哀れみから命を助けられた先生が、周囲を見まわしている僕を訝しげに見上げていた。

「アオ！」

僕は叫んだ。自動販売機の白い明かりが照らしているだけで、周囲はまだ暗かった。どこか遠くの木陰にアオはいるかもしれないと僕は考え、探そうかと思った。

しかしその一方で、アオはもう現れないのではないかという不思議な確信もあった。それは安堵するようでもあり、残念なようでもあった。彼は残酷で、それでいてとても僕のことを考えてくれていたからだ。

足の痛みを無視して彼を探した。名前を呼びながら、先生と自販機を中心にした円を描いて歩く。斜面の上にも、駐車場の暗がりにもいなかった。素足の裏に湿った地面の凹凸を感じながら、名前を呼んだ。

そのうち、自分の精神に不思議な変化が起きているのを知った。暗闇や痛みといったものが、以前に比べて恐ろしいものではなくなっていた。

麻痺して感じられなくなっただけかもしれない。それとも、僕の心が強くなったのかもしれない。死んでもいいという覚悟で斜面を落ちたとき、僕は本当は死んでしまって、別の人間に生まれ変わったんじゃないだろうか。

僕は立ち止まり、夜の静かな山を見上げた。そして理解した。

これまでアオとして分離していた部分は、僕の中に溶けたのだ。

「……先生、救急車を呼んでくるよ」

おそらく全身の骨を折っているのだろう。痛みにうめいている先生に近寄り、僕は声をかけた。彼は首だけを僕に向けた。それまで泣きながらゆがめていた顔が、一瞬、空気が抜けたようになった。それから、信じられないという表情を作る。

「みんなには、作り話をするからね」

先生が迷子の僕を探しに山へ来て、斜面を落ちて動けなくなるという話を作った。

「だれかに何かをたずねられたらこの話をするということでいい？」

それとも、正直にすべて、先生のやったことを話したほうがいいだろうか。そうつぶやいてみると、先生はあわてて首をふって作り話をすることに同意した。

なぜ、そうする気持ちになったのかわからない。先生がかわいそうになったのかもしれないし、僕が先生を殺すために行なった様々なことがみんなに知られるのを防ぎたかったのかもしれない。

先生をその場に残して、僕は麓への道へ向かおうとした。暗かったが、道は漠然とわかった。広い駐車場の端から、遠く街の明かりが見下ろせた。

ふと、僕は先生を振りかえった。

「……なんで、僕だけを叱り続けたんですか？」

そう聞いてみる。

先生は戸惑ったように僕を凝視した。しばらく沈黙した後、苦しそうな声を押し出す。

「だれでもよかった……」

「でも、やっちゃいけないことじゃないですか」

羽田先生は歯を食いしばるように声を震わせた。

「恐かったんだ……」

僕は先生を残して、麓への暗い道を歩き始めた。


テレビの画面が切り替わり、人気のあるバラエティ番組になった。後ろを見ると、姉がリモコンをかざしていた。なんとしてもこの番組を見るのだという固い決意が姉の顔に表れていた。

「あんたは勉強しなさい。私がかわりにテレビを見てあげるから」

「ひさびさに帰ってきたのに……」

小さな声で抗議したけど、姉は聞こえないふりをした。だから、アニメを見るのはあきらめた。

夕飯の支度をしているお母さんが、僕の足を見て感慨深そうに言った。

「そういえばマサオ、病院に入院したのって、二度目だったね」

一度目は、もっと小さなころ、交通事故に遭ったときだ。

「そのときのあなた、すごかったのよ。カタカナの名前の薬をたくさん注射されて、そのせいで一時期、皮膚が真っ青になったの」

本当に何気なく、お母さんはつぶやいた。

「皮膚が真っ青に……？」

僕はアオのことを思い浮かべていた。

母に、事故当時のことをあらためて詳しく聞いてみると、病院に運ばれたときの僕の顔には、酷い傷があったらしい。整形手術をしてもとにもどったが、口の端から頬にかけて割けていたそうだ。事故の瞬間、金属の破片がすごい速さで顔を傷つけたのだそうだ。鼻や片方の耳も、そのせいで半ば取れかけていたらしい。

僕は不思議な気持ちになった。それらの話は初耳だった。

アオの外見と類似点が見られる。

だからといって、何かつながりがあるわけでもない。

アオは、何者だったのだろう。

アオは僕の守護者のようでもあり、心の暗い部分が形を持ったようでもあった。そしてまた、うまく説明はできないけど、「被害者」という言葉がある生物を指す名前だったら、きっとそれはアオのような生き物に違いない。

本で読んだことがある。子供のころ、虐待などでひどい苦痛を負わされた人は、別の人格を作り出して痛みを肩代わりしてもらうのだという。つまり、多重人格だ。

そういったことが起こるのは稀だし、僕が本で読んだその話も、科学的に認められたわけではないという。多重人格なんてこの世界にはありえないというのが、一般的な科学者の意見なのだそうだ。

しかし、もしも痛みを肩代わりしてこの世界に憎悪を抱く傷ついた被害者的人格が存在したら、それはきっとアオのようなのではないだろうか。

もちろん、アオは僕の別人格などではないのだ。ただ、僕は自分の心の一端をアオという幻として見ていたにすぎないのだ。

もしかすると、事故で入院しているときに鏡で見た自分の顔が記憶の底に眠っていて、アオという幻の原型となったのかもしれない。でも、僕はお母さんに気のない返事をして、それが曖昧のままでいいことを自分に許した。

夏休みが終わると、二学期のはじまりだった。

一日目の朝。

みんなは一学期など存在しなかったように僕へ接した。二ノ宮とも、コロコロの話題で盛り上がることができた。そうしてみるとやっぱり彼女は話しやすい女子で、一学期最後の大掃除のとき、彼女は故意に足をひっかけたわけじゃなかったのではないかと思うことができた。

もう僕だけが非難の標的になることもなかった。みんなは本当に忘れてしまったのかもしれないし、もともと、たいしたことだと考えていなかったのかもしれない。いつだって加害者は、被害者ほど事件を重大に受けとめないものなのだから。

だからといって僕は、みんなのことを都合が良いと考えて不満に思わなかった。こういうふうにできているのだと考えるだけの余裕が、なぜか僕の中にあった。もしも一学期のことでみんなを反省させてやろうと思っていたなら、僕は作り話などしなかった。

教室の扉を開けて、小柄な女の人が現れた。

ざわついていた教室の中が静まりかえって、その人に注目する。このクラスを担当する新しい先生だということに、みんなはすぐ気がついた。羽田先生が入院しているため、臨時に別の先生が雇われたのだ。

僕は、羽田先生がはじめて教室に入ってきたときのことを思い出す。そのとき僕は、先生と仲良くなれたらいいなあと思っていた。

「みなさんこんにちは」

緊張気味に彼女は挨拶をはじめた。若くて、まだ大学を出たばかりなのだという。やさしそうな表情をする先生だった。彼女は黒板に大きく自分の名前を書いた。

しばらく日が過ぎると、新しい先生の周囲の評判が聞こえてきた。新しい先生は、羽田先生ほど親たちに受けが良くなかった。『五年生タイムズ』のような学級新聞を作らなかったから、羽田先生に比べると意気ごみが劣るという印象があったのだ。

それに、どこか抜けているところがあった。黒板の文字をときどき間違えていたり、簡単な分数の計算をするのに自信なさげだったりするのだ。文字の間違いは、クラスの生徒が指摘するまで気づかない。指摘されると、恥ずかしそうに頭をかく。

羽田先生みたいにきびきびしているわけでもなく、平気で授業に遅刻してくる。そのせいでみんなは普段から気が抜けてくるのか、全校生徒での集まりなどで、うちのクラスは無駄な話し声が多いと注意を受けた。

でも、彼女はいつも一生懸命だった。周囲の評価はそれほど高くなかったけど、それは彼女の不器用さからきている気がした。

ある日の放課後、僕は先生へ質問することにした。

ホームルームが終わって、ほとんどの生徒は教室からいなくなっていた。外は傾いた太陽のため赤みを帯びた色に染められており、開け放した窓から涼しげな風が入っていた。

先生は教壇の上に散らばった自分のノートや教科書などを整えていた。そこへ近づき、声をかけると、彼女は首をかしげて僕を見た。

「まわりの人が自分のことをどう評価しているか、恐くないんですか?」

羽田先生のことを考えながら、僕は尋ねた。彼は自分の評判を落とすまいと必死になり、その方法として僕を生贄にすることを思いついたのだ。

僕は被害者だったけど、羽田先生の気持ちもわかる。生きているかぎりみんなそうなんだ。いつもだれかに見られていて、点数をつけられる。恥をかきたくないし、よく見られたい。誉められるとうれしいけど、失敗すると笑われそうで心配になる。きっとみんな、自分が他人にどう思われているのかを考えて、恐がったり不安になったりするんだ。

でも、新しい先生はどうなのだろうかと疑問だった。なぜなら彼女といったら、低学年の子とドッジボールをしていて鼻血を出し、泣いてしまうような間抜けな人だけど、いつも楽しそうだからだ。

僕の唐突な質問に面食らいながら、彼女は腕組みして唸り声をあげていた。一生懸命に考えている表情だった。

人気《ひとけ》がなくなって静かになった教室で、僕と先生は向かいあっていた。教室の横の廊下を、だれかがガチャガチャとランドセルを鳴らして走っていく。

先生はやがて照れくさそうに言った。

「がんばってる結果がこれなんだから、しょうがないでしょ」

きっと、もう以前のようにだれかが生贄の羊になることはない。そう思えた。

あとがき

幻冬舎の編集者の人から「いっしょにお仕事をしませんか」と連絡があったのは一年半ほど前でした。しかし、そのころ僕は執筆以外のことでも忙しく、すぐに本を出せる状況ではありませんでした。

それに、他の出版社からも長編を書かないかという仕事を依頼されていたのです。つまり僕は、これまで、そちらのほうの依頼も軽く受け流しつつ、同時に幻冬舎の仕事も避けつづけていたのです。しかしその間もちゃっかりと幻冬舎の編集者にごはんをおごってもらったりしていたわけで、自分はなんて申訳ないことをしているのだろうかと常々感じながらごはんのおかわりとかしていたわけです。

今回、ちゃんとこのような形で本が出せてほっとしました。これで気兼ねなくごはんをおごってもらうことができそうです。おいしい店でもチェックしておかなくてはいけないなと使命感に燃えています。

お仕事の話を最初に聞いたとき、幻冬舎の編集者はおっしゃいました。
「なんでも好きな話を書いてください」
これまで僕は、ミステリ的なオチを求められているんじゃないだろうかとか、ラストで読む人を感動させないといけないのではないだろうかとか、いろいろ心配しながら話を作っていました。しかしその人はそのどちらもなくてかまわないとはっきりおっしゃったのです。「本当に好きなものを自由に書いていいんですね」と、僕は愛知県豊橋市の某喫茶店にて幾度も質問したところ、たしかにそれでいいと言うのです。

書いてしまいました。好きなようにやってしまいました。

そういえば、作中で主人公がおよそ子供らしくない語句を用いて思考していますが、その点についてツッコミを入れられたらどうしようかと思っています。僕は基本的に、語り手の年齢が低くてもあまり気にせず地の文ではさまざまな言葉を使用しています。それは、「言葉」そのものは幼いために知らなくても、その「言葉」が意味するものは名づけられないまま頭の中に収まっていて思考しているにちがいないと受け止めているからです。

最後になりましたが、この本にたずさわったすべての人に感謝いたします。担当編集者の日野さん、どうもありがとうございます。

二〇〇一年八月二十一日

乙一

この作品は書き下ろしです。原稿枚数270枚（400字詰め）。

死《し》にぞこないの青《あお》

乙一《おついち》

平成13年10月25日　初版発行
平成20年8月20日　36版発行

発行者——見城 徹
発行所——株式会社幻冬舎
〒151-0051東京都渋谷区千駄ヶ谷4-9-7
電話　03(5411)6222(営業)
　　　03(5411)6211(編集)
振替00120-8-767643
印刷・製本——中央精版印刷株式会社
装丁者——高橋雅之

幻冬舎文庫

ISBN4-344-40163-8　C0193　お-10-1